JN039517

最強の鑑定士
Who is
the strongest appraiser?
って誰のこと？
～満腹ごはんで異世界生活～
14

具材いろいろ
ロールケーキ作りに挑戦！
異世界転移した男子高校生
釘宮悠利

《真紅の山猫》の訓練生
ヘルミーネ
《真紅の山猫》の訓練生
レレイ
《真紅の山猫》の訓練生
アロール
《真紅の山猫》指導係
ブルック

◆◆ 悠利が作ったレシピを公開！ ◆◆

5種のコロッケ

①シンプルなコロッケ

材料 ジャガイモ、タマネギ、オーク肉とバイソン肉の合い挽きミンチ（牛と豚の合い挽きでも可）、塩胡椒、小麦粉、卵、パン粉

作り方 よく洗ったジャガイモの皮を剥き、手頃な大きさに切ったら茹でる。茹で終わったジャガイモはマッシュしておく。
次に、タマネギの皮を剥き、みじん切りを作る。フライパンで、タマネギとミンチを炒め
塩胡椒で濃いめに味付けをしておく。マッシュされたジャガイモに混ぜたら、楕円形にタネの形を整える。
タネが出来たら小麦粉、卵、パン粉が入ったボウルを準備し衣を付けて揚げれば完成！

②カレー風味のコロッケ

材料 ジャガイモ、タマネギ、バイソン肉のミンチ（牛ミンチでも可）、カレー粉、塩胡椒、小麦粉、卵、パン粉

作り方 ①と同様ジャガイモを茹でてマッシュし、タマネギのみじん切りを作る。

フライパンで、タマネギとミンチを炒めながら塩胡椒で軽く味付けをしつつ
カレー粉を混ぜて濃いめに味付けをしておく。

マッシュされたジャガイモに混ぜたら、大粒のたこ焼きぐらいのサイズになるようタネの形を整える。

タネが出来たら小麦粉、卵、パン粉が入ったボウルを準備し衣を付けて揚げれば完成！

③サツマイモのコロッケ

材料 サツマイモ、タマネギ、オーク肉とバイソン肉の合い挽きミンチ（牛と豚の合い挽きでも可）、塩胡椒、小麦粉、卵、パン粉

作り方 よく洗ったサツマイモを皮は剥かずに輪切りにして、茹でる。茹で終わったサツマイモはマッシュしておく。
次に、タマネギの皮を剥き、みじん切りを作る。フライパンで、タマネギとミンチを炒めながら
塩胡椒で味付けをしておく。マッシュされたサツマイモに混ぜたら、三角形になるようタネの形を整える。
タネが出来たら小麦粉、卵、パン粉が入ったボウルを準備し衣を付けて揚げれば完成！

④カボチャのコロッケ

材料 カボチャ、タマネギ、バイソン肉のミンチ（牛ミンチでも可）、塩胡椒、小麦粉、卵、パン粉

作り方 よく洗ったカボチャを皮は剥かずに切り、茹でる。茹で終わったカボチャはマッシュしておく。

次に、タマネギの皮を剥き、みじん切りを作る。フライパンで、タマネギとミンチを炒めながら
塩胡椒で味付けをしておく。

マッシュされたカボチャに混ぜたら、掌に収まるぐらいの四角になるようタネの形を整える。

タネが出来たら小麦粉、卵、パン粉が入ったボウルを準備し衣を付けて揚げれば完成！

⑤ツナマヨコーンのコロッケ

材料 ジャガイモ、ツナ、コーン、マヨネーズ、塩胡椒、小麦粉、卵、パン粉

作り方 ①と同様ジャガイモを茹でてマッシュしたものに、ツナとコーンを入れマヨネーズで混ぜる。

コーンが外に出ないようにしながら俵型になるよう形を整える。

タネが出来たら小麦粉、卵、パン粉が入ったボウルを準備し衣を付けて揚げれば完成！

最強の鑑定士って誰のこと？
Who is the strongest appraiser?

～満腹ごはんで異世界生活～

14

港瀬つかさ　ill.シソ

口絵・本文イラスト
シソ

装丁
木村デザイン・ラボ

お品書き

Who is the strongest appraiser?

プロローグ　お庭でおにぎりでピクニック気分

眼鏡がトレードマークの家事大好き少年釘宮悠利(くぎみやゆうり)。彼は、ある日突然この世界に異世界転移してしまった現代日本の男子高校生だ。

転移特典であったのか、運∞という能力値と鑑定系最強技能(スキル)の【神の瞳(ひとみ)】を与えられた悠利は、だからといって未知なる異世界を冒険することも、強敵と戦うことも、望まなかった。初心者冒険者をトレジャーハンターに育成するクラン《真紅の山猫(スカーレット・リンクス)》に拾われた彼は、大好きな家事をして過ごす主夫の立場を手に入れたのである。

そして、今日も今日とて異世界をのんびり生きる悠利は、個性豊かな仲間達の胃袋を、美味(おい)しいご飯でがっちり掴(つか)んでいるのでした。


悠利達が生活する《真紅の山猫》のアジトは、大人数が生活するだけあって広い。その広い敷地には庭部分も該当した。人数分の洗濯物や布団を干せる広さのある庭は、鍛錬の場所としても使われている。

その庭で、悠利と見習い組の四人は昼食を取っていた。本日のメニューはおにぎり三昧(ざんまい)。色々な味のおにぎりを、皆で楽しく頬張っている。

「そういや、何で今日はいきなり庭で食べようって言い出したんだ？」

見習い組最年長のウルグスの問いかけに、悠利はきょとんとした顔をする。ただ、見習い組は全員ウルグスと同感だったのか、悠利をじーっと見つめていた。そんな彼らに、悠利はいつも通りのほわほわした笑顔で答えた。

「お天気が良かったのと、今日はちょっと涼しいから」

「「……それだけ？」」

「うん、それだけだよ。お外でご飯を食べるって、ピクニックみたいで楽しいよね～」

「「……」」

「アレ？　皆、どうしたの？」

素直に伝えた悠利だが、ウルグス、カミール、ヤックの三人はがっくりと肩を落としていた。マグだけはいつも通りの無表情だが、その彼にしても一瞬だけ視線を悠利から逸らしたので、まぁ、仲間達と同じような感想なのだろう。

常日頃アジトを中心に生活をしている悠利にしてみれば、気分転換や非日常感があって楽しいのだろう。しかし、見習いながらも任務をこなしたり、修行でしょっちゅう外に出ている四人にしてみれば、屋外で食事をするのは別に特別なことではない。こんな風ににこにこ笑顔で喜ぶようなことでも、ない。

ただ、それをあえて悠利に伝えようとは誰も思わなかった。何せ、純粋に楽しんでいるのが解るからだ。他人の楽しみに水を差すような趣味は彼らにはなかった。

とりあえず、悠利と一緒に用意した大量のおにぎりが美味しいので、それで満足することにした。冷蔵庫の残り物を一掃するというのを名目に、色々な具材のおにぎりが作られたのだ。

ちなみに、悠利がこんなことをやったのも、昼食を食べるのが自分と見習い組だけだからだ。大人組がいる場合は、もうちょっと気を遣ったご飯を用意する。

なお、《真紅の山猫》では暗黙の了解として、指導係か訓練生の中でも頼れる大人枠の誰かが一人は常駐することになっているが、今日のように用事で短時間出掛けるというのはよくある。本日の留守番担当だったフラウは、呼び出された先で昼食を食べてくると言って出掛けた。

そんなわけで、今アジトには悠利と見習い組しかいないことになる。子供だけでお留守番という状況ではあるが、真っ昼間なので誰も何も気にしていない。近所の目もあるので、変な奴はそうそう近寄ってこない。

後、フラウに「私の留守の間、皆を頼む」と頼まれたルークスが張り切って巡回警備をしているので、きっと問題ない。見た目だけはサッカーボールサイズの愛らしいスライムだが、その正体が超レア種たるエンシェントスライムの変異種で、更に希少価値の高い名前持ちであるルークス。お掃除ロボットよろしくアジトの掃除をしている姿からは想像しにくいが、壊れ性能ハイスペックとも言える従魔であった。

「ところでオイラ気になってるんだけど、おにぎりってさぁ、何入れても良いの？」

「よっぽど不味い仕上がりにならない限り、本人が食べたい物を入れて良いと思うけど？」

「何でも？」

「何でも。今日も割と色々入れてると思うけど」

ヤックの質問に、悠利はさらっと答える。おにぎりの可能性は無限大だ。サンドイッチの可能性も無限大であるが、おにぎりにもおにぎりの可能性が沢山ある。流石に、お菓子系に変化させるのは難しいかもしれないが。

今日も、塩味のシンプルなおにぎりから、醤油の香りが香ばしい焼きおにぎりや、味噌の風味が食欲をそそる焼きおにぎり、梅干しや焼き鮭、たらこなど、多種多様なものが用意されている。肉入り、玉子入り、きんぴら入りなど、バリエーション豊富だ。

……つまるところ、冷蔵庫に残っていた食材や料理が、おにぎりに変身しているとも言えた。在庫一斉処分みたいなおにぎりオンパレードである。美味しいから問題はないのだが。

「じゃあ、コロッケも入れられる？」

「コロッケ？」

「うん。オイラ、コロッケ好きだから、コロッケの入ったおにぎり食べたいなって思って」

好物をおにぎりに入れれば更に美味しくなるのでは？　という考えに至ったらしいヤックの発言に、悠利はちょっとだけ考える。生憎と、コロッケをおにぎりの具にしたことはない。ついでに、そうなるとおにぎりがかなり大きくなるのではないかという疑問も湧いた。

その疑問を抱いたのは悠利だけではなく、カミールが口を開く。

「なぁヤック。好きな物を入れたいってのは解るけど、コロッケって結構デカいじゃん？　おにぎりが凄い大きさにならないか？」

「まぁ、大きさが気になるなら、切って入れれば良いのかもしれないけど」

それでも結構大きくなるのではないか、とカミールは想像の翼を広げている。ウルグスとマグも同感だったのか、カミールの発言に小さく頷いている。決してヤックの願いを否定したいわけではないが、食べにくくないか？　という疑問が湧いたらしい。

カミールの指摘でその事実に気付いたヤックは、手にしたおにぎりを見ながらしょんぼりしていた。確かに、いつも食べているコロッケをおにぎりの具にした場合、かなり大きな仕上がりになってしまう。持ちにくいし、食べにくい。

気落ちしているヤックだが、そんな彼に悠利はのんびりとした口調で声をかけた。

「それじゃあ今度、小さいコロッケ作ろうか」

「へ？」

「この間のじゃがバターコロッケみたいな感じで、小さな丸のやつ」

「ユーリ？」

「え？　おにぎりにコロッケ入れたいんだよね？　だったら、その大きさのコロッケを作れば良いだけじゃないの？」

僕、何かおかしなことを言ったかな？　と不思議そうな顔をする悠利。ヤックはぽかんと口を開けたまま、しばらく固まっていた。けれどすぐに悠利の提案の意味を察したのか、満面の笑みを浮かべる。

「……ぁ」

「ありがとう、ユーリ！　今度、それでコロッケのおにぎり作りたい！」

「うん、やってみようね～」

のほほんと笑う悠利。大喜びするヤック。解決策が見つかって本当に良かったなぁと笑うカミール。マグは相変わらず我関せずといった雰囲気だった。その中で、ウルグスが大真面目な顔で口を開いた。

「なぁ、ユーリ」

「何、ウルグス？」

「つまり、おにぎりに入る大きさに作れば、ハンバーグもおにぎりに入れられるってことか？」

「出来るんじゃない？」

「なら、ハンバーグもやろう！　絶対美味いから！」

肉食大食いのウルグス少年、大喜びである。他の三人も、美味しそうだなという顔をしているので、ハンバーグ入りのおにぎりはきっと皆が喜ぶものになるのだろう。悠利はそこまで興味はないのだけれど。

まぁ、今までだってバイソン肉のしぐれ煮とかをおにぎりの具材にしているので、まったく問題はない気がする悠利だった。美味しいは正義であり、美味しいを手に入れる為に頑張るのを嫌がる人間は《真紅の山猫》にはいなかった。

「ハンバーグ入りのおにぎりは、レレイも大喜びしそうだよねぇ」

「レレイさん、生粋の肉好きだから」

「クーレが言ってたなぁ。あいつと外で食事をすると、ひたすら肉ばっかり注文するって」

「でもレレイさん、別に野菜が嫌いなわけでもないよな?」

「あのね、カミール。レレイは一つのことしか考えられないタイプなんだよ」

「……ん?」

　諭すような悠利の言葉に、カミールは首を傾(かし)げた。レレイがどちらかというと猪突猛進タイプで、脳筋に分類されるのは自明の理だ。日常を見ていたら解る。ただ、何故(なぜ)今、悠利がそれを口にしたのかが彼にはよく解らなかった。

　そんなカミールに、悠利は理由を説明した。きっぱりと。

「お肉のメニューが見えたら、お肉しか見えないんだよ」

「……わぁ」

「でも、野菜のおかずも嫌いじゃないから、大皿で注文したら食べるんだって」

「レレイさん、一人で食事に行かせたら肉しか食べないんじゃ……?」

「だから、大体いつもクーレが一緒にいるんだと思うよ」

　クーレッシュはレレイとほぼ同期で、訓練生としての付き合いもそこそこ長い。年齢も近いことと、前衛と援護系という職業(ジョブ)の関係もあって、組んで依頼を受けることも多い。それだけに、周囲の認識はレレイの保護者、飼い主のようなものになっているが。

　二人の仲は決して悪くはない。しかし、基本的に物事を深く考えずに突っ走るレレイと、目端が利いて何だかんだで面倒見の良いクーレッシュなので、苦労が偏っているのだ。卒業するときには絶対にパーティーは組まないと決意を固めているクーレッシュだが、どうなるのかはまだ誰にも解らない。

「ハンバーグだけじゃなくて、肉団子とかつくねとかを入れたおにぎりも絶対美味いよな」

「ウルグス、お肉にだけ反応するの止めよう？」

「でも、ライスに味がついて絶対に美味い」

「いや、美味しいとは思うけど」

顔を輝かせるウルグスに、そういえばここにも生粋の肉食がいたなぁと思う悠利だった。そのウルグスはと言えば、大人並みの立派な体格と豪腕の技能を所持している関係もあって、見事な前衛として修行を積んでいる。戦闘能力だけならそこそこだろう。

その彼がよく組むのは、やはり同じ訓練生のマグになる。こちらは生粋の隠密みたいなところがある。気配を消したり、逆に相手の気配を探ったりするのが得意だ。ついでに、基本的に容赦がないので、一撃必殺、急所狙いみたいな戦法を得意としている。普通に物騒な少年である。

戦闘能力だけなら訓練生枠に入っても問題ないだろうマグは、言葉が少なく対人関係に関する能力が著しく低い。身内以外には警戒心を剥き出しにするし、身内相手でもマトモに会話が成立しないことも多々ある。

そんなマグの言いたいことを全て把握出来るという特技を持ってしまったウルグスは、日々通訳として忙しい。マグの通訳兼ツッコミ役という立場は、もはや不動だった。年齢も一歳しか変わらないので、必然的に一緒にいる時間も多い。彼のことを、仲間達は愛を込めて「マグの飼い主」「マグの通訳」と呼んでいる。

それまで静かにおにぎりを食べていたマグが、つんつんと悠利の腕を突いて口を開く。視線が自分に向いたのを確認してから話すようになったのは、ちょっとした進歩だ。

「出汁、美味」

「マグ、昆布出汁で炊いたライスのおにぎりが美味しいのは解ったから、静かに圧をかけるのは勘弁して……」

「美味。……具有り、希望」

「……はい？」

マグなりに進歩はしているのだが、相変わらず悠利には何を言っているのかさっぱり解らなかった。何かを要求されているということだけが、辛うじて理解出来た。

そんな悠利に助け船を出してくれたのは、やっぱりウルグスだった。

「炊き込みご飯みたいに、この昆布出汁で炊くライスのときも何か具材入れてくれ、だと。それでおにぎりにしたいらしい」

「……検討します」

何で今ので解るんだろうと思いつつ、悠利はウルグスの通訳をありがたく受け取った。マグは自分の意志が通じたことで満足したのか、ご機嫌そうにおにぎりを頬張っている。

昆布出汁で炊き上げた白米は、ほんのりと出汁の風味がして優しい味わいだ。そこに塩を加えておにぎりにしているだけのシンプルなものなのだが、マグはこれを更にパワーアップさせたかったらしい。出汁の信者は今日も元気です。

「この昆布出汁のおにぎりだったらさ、薄味が好きな小食組も喜びそうだよな」

「とりあえず、イレイスは喜ぶと思うよ」

「イレイスさん、海産物系好きだもんな」

「人魚だからねぇ」

カミールの発言に、悠利は笑顔で告げる。その内容に、カミールも異論はなかった。

小食代表のイレイシアは、清楚(せいそ)で可憐(かれん)な美少女だ。人魚という種族の為か、彼女は魚介類を始めとする海に縁のある食材を特に好む。普段はちゃんと食べているのか心配になるが、海産物の場合はよく食べてくれるので悠利も安心出来るのだ。

その彼女は吟遊詩人という一風変わった職業の為、訓練生ではあるものの、そこまで戦闘訓練に出掛けたりはしない。どちらかというと座学で日々を過ごしているので、比較的アジトにいることが多い。

それでも外に出掛ける任務などのときは、あくまでも後衛に徹して皆の援護に努めるらしい。そんなイレイシアなので、戦闘が絡むと解っている任務のときは前衛組の誰かが一緒に行動することになっている。

特に組むことが多いのはリヒトかラジの前衛コンビで、彼らは誰かを守って戦うことに慣れている。リヒトは生来の性格と、元々パーティーを組んでいたときの立ち位置がそうだったからという理由で、ラジは一族単位で護衛を仕事にしている為、身体(からだ)に染みついているという理由だ。

同じ前衛組でも、敵を前にしたら倒す為に飛び出していってしまう、レレイやマリアの血の気の多いお姉さんコンビは、間違ってもイレイシアとは組まない。仮に組むとしたならば、もう一人、状況判断が出来てサポートに入れる誰かが追加される。彼女達は敵を倒すのには役立つが、味方を警護するのには向いていないのだ。

「オイラ、何となく思うんだけどさ」

「んー？」

「お肉大好きな人って、基本的に前衛だよね」

「あー、まぁ、身体が資本だからじゃない？　アリーさんとかフラウさんみたいな例外はいるけど」

「「リーダーは色々例外だから」」

「デスヨネー」

異口同音に告げる見習い組に、悠利も迷いなく同意した。頼れるリーダー様であるアリーは、職業が鑑定系の真贋士（しんがんし）でありながら、前衛を務めることが出来る能力を持っていた。大剣をぶん回す姿は、間違っても後衛とか援護とかを得手とする職業の人には見えない。とても頼りになるのだけれど。

ただし、アリーは単体で十分に前衛職みたいな感じであり、どんな状況でも一人で切り抜けそうなところがあるが、彼が積極的に前衛を担当しない理由もちゃんとある。鑑定系技能（スキル）である【魔眼】持ちとして、全体を俯瞰（ふかん）的に見て適切な判断を下すという重要な仕事があるからだ。

そしてまた、かつて共にパーティーを組んでいたブルックの存在がある。凄腕（すごうで）剣士として皆がその実力を疑いもしない彼がいる以上、アリーが前衛に立つ必要がないのだ。そのブルックはと言えば、細身の身体のどこにそんなに入るのかと思われるほどの大食いだったりする。

ただ彼の場合は、皆には秘密にしているが竜人種（バハムーン）であるのも原因だ。戦闘種族として知られる、人と竜の姿を持ち合わせる竜人種は、そのせいかよく食べる。獣人組もよく食べるので、戦闘に特化している種族はよく食べるということなのだろう。ヴァンパイアの血を引くダンピールであるマリアも、大変、よく、食べるので。

そんな彼らと同じく肉食大食いの気のあるフラウは、弓使いだ。当人に言わせれば、弓を引くのには筋力が必要とのことで、彼女はよく食べるが決して太っているわけではない。全て鍛錬によって見事な筋肉に変えている。ご立派である。

そのフラウはと言えば、同じ弓兵の羽根人（はねびと）の少女ヘルミーネへ指導している姿がよく見られる。やはり、同じ職業というのは指導がしやすいらしい。ヘルミーネも、筋肉のつきにくい羽根人なりに、フラウの鍛錬を一生懸命こなしているので。

「ヘルミーネとかアロールとかロイリスとかは、食事量が控えめなだけで、割と満遍なく何でも食べるんだよねー」

鮭のほぐし身を交ぜ込んだピンク色のおにぎりを食べながら、悠利が呟（つぶや）く。真ん中にごろりと鮭の切り身が入ったおにぎりもあるのだが、悠利はこちらの全体に交ざっているおにぎりの方が好きだった。どこを食べても味がするので。

悠利が話題に出した三人は、自分の胃袋の大きさに合わせた食事量をしているだけで、特に大きな好き嫌いはない。……ヘルミーネのピーマン嫌いはあるが。

「まぁ、ヘルミーネさんはともかく、アロールとロイリスは小さいしな」

「そうだねぇ」

「まだまだこれから大きくなる年齢だしな。……この間そう言ったら、アロールに滅茶苦茶睨まれたんだけど、何でだと思う？」

「何でカミールは、そうやって自分からアロールを怒らせにいっちゃうの……」

「いやー、反応が面白くて、つい。でも、普通の会話しかしてないぞ」

「それはそうかもしれないけど……」

からからと笑うカミールに、悠利はがっくりと肩を落とす。ウルグスとヤックも呆れた顔をしていた。基本的に何でもそつなくこなすカミールだが、ちょっと困るのがこの他人をからかって遊ぶ癖である。あくまでも好意に基づいているし、特別やり過ぎたりはしないのだが、アロールはそれによく腹を立てているのだ。

ただし、当人が言うように、会話内容はいつだって普通の日常会話だ。別に嫌味を口にしたわけではない。ただちょっと、お年頃な十歳児の僕っ娘の神経を逆なでする話題になることが多いだけで。……半分解ってやっているので、悠利達が呆れてしまうのだ。

「あんまり怒らせちゃダメだよ」

「大丈夫。加減は解ってる。やり過ぎたらナージャに噛みつかれるし」

「そういう問題かなぁ……」

　アロールが常日頃連れ歩いている白蛇のナージャは、魔物使いである彼女の従魔だ。アロールの保護者か護衛を自認しているようなナージャは、可愛い主に対して過保護である。そのナージャが怒らないということは、多分まだ大丈夫な範囲なのだろう。

　ちなみにアロールは十歳で、今現在《真紅の山猫》にいるメンバーの中では最年少になる。その次が先ほど話題に上ったロイリスで、十二歳だ。こちらはハーフリング族という成人しても人間の子供のような外見をした種族なので、実際の年齢よりも幼く見える。つまるところ、アロール同様小柄で、それに合わせた食事量ということになる。

　彼は細工師の見習いでもあるので、戦闘訓練は控えめだ。お世話になっている工房へ顔を出し、そちらで細工師としての修練を積んでいる日もある。そんな彼と同じような境遇なのが、鍛冶士見習いのミルレインである。

「ミリーさんは、割とよく食べる方になる？」

「んー、まぁ、そこそこ食べるとは思うけど、ミリーの食欲は年齢通りって感じじゃない？」

「そういうもん？」

「並外れてよく食べるわけでも、逆に心配になるぐらい食べないわけでもないからね」

「そっか」

　もぐもぐとおにぎりを食べながら、ヤックは納得したように頷いた。アロールやロイリス、イレイシアと一緒にいることが多いのでよく食べるように思えたミルレインだが、冷静に考えれば別に大食らい組ほど食べているわけではなかった。比較対象の問題だったと気付いたのである。

吟遊詩人のイレイシア、魔物使いのアロール、細工師見習いのロイリス、鍛冶士見習いのミルレイン。この四人は、他の面々に比べて職業が特殊で、単純な戦闘訓練や座学以外の職業に合わせた修行をしているという共通点を持っている。また、いずれも年齢より落ち着きを持ち、揉めごとを好まないので何だかんだでよく一緒にいる。

早い話が、騒動に巻き込まれないように一緒に避難しているのである。たまに逃げ遅れて巻き込まれて、どんちゃん騒ぎの中心に放り込まれることもあるのだが。

「ティファーナさんもあんまり食べないよな」

「でも、食が細いってほどじゃないと思うよ。倒れない程度にしっかり食事は取ってくれるし、好物は普通によく食べる感じだし」

「となると、やっぱり一番食が細いっつーか、食事面で心配になるのはジェイクさんか」

「……そうだね」

斥候を担当する麗しのお姉様であるところのティファーナは、妙齢の女性らしい食欲をしているだけだ。特別好き嫌いがあるわけでも、不健康なほどに食べないわけでもない。女性らしく、甘い物は別腹みたいになっているときもある。

それを思うと、やはり、一番の問題児は学者のジェイク先生になるだろう。もはや存在自体が反面教師みたいなおっさんである。

ジェイクは、学者としての能力は決して低くはない。むしろ才能に溢れていると言える。また、子供相手に解りやすく物事を説明するのが得意という、座学の教師としては申し分の無い才能も持った男である。ただし、その素晴らしい才能を全て台無しにする、日常生活で遭難しそうになるダメ人間だというのが現実だった。

読書や研究に没頭すると寝食を忘れるのは当たり前みたいになっている彼は、同時に元々食が細かった。ただでさえ食が細いのに、うっかり食事を忘れる。もはや緩やかに自死しようとしているのかと皆が疑うときもあるが、そんなことはない。彼は人生に前向きであるし、人生を楽しんでいる。

ただちょっと、楽しいことに集中しすぎると食事や睡眠への意識が綺麗さっぱり抜け落ちるだけだ。……徹夜などで疲れ果て、アジトの廊下で行き倒れている姿がよく見られるというのもどうかと思うが、皆が慣れてしまう程度にはそれが日常だった。

「ジェイクさんがもうちょっとちゃんとしたら、ヤクモさんもあそこまでオーラが冷えることもないと思うんだけどなぁ、俺」

「カミール」

「何だよ、ウルグス」

「ジェイクさんがちゃんとするとか、多分一生無理だろ」

「……言い切るなよ。俺だってそうかなって思ってるけど言わなかったのに」

「思ってるなら俺と一緒じゃねぇか」

ウルグスのツッコミに、カミールはたそがれながら答えた。途端に入るツッコミに、言わなかっただけ褒めてくれても良いじゃんと唇を尖らせる程度には、軽口を叩くカミールだった。

二人が話題に出したヤクモとは、呪術師の壮年の男性のことだ。訓練生という扱いだが、リヒト同様に大人枠として指導係にも頼りにされている。ちなみに、呪術師というと物騒に聞こえるが、この辺りで言うところの薬師と占星術師を合わせたような職業なので、別に闇堕ちしているとかではない。あしからず。

このヤクモ、誰に対しても優しく温厚で素晴らしい人物なのだが、唯一の例外としてジェイクへのアタリがキツい。しっかり者できちんとした人物である彼にとって、同年代のジェイクのダメ人間っぷりは許せないものらしい。同年代で括られそうになったり、比較されることが多いので余計に気になるのだろう。

なお、ヤクモはジェイクへのアタリがキツいが、ジェイクの方はどこ吹く風で普通に仲間として暢気(のんき)に接している。この辺りの空気の読めなさが、彼ら二人の間の溝が埋まらない原因なのかもしれない。


「皆に美味(おい)しく食べてもらえるご飯を作るのって、結構大変だよねぇ……」

「いや、味の好みって人それぞれだから、それどう考えても無理だろ」

「全員ってなると難しくないか？」

「うち、人数多いし……」

「無謀」

「全員で畳み掛けなくても良いじゃない……」

ぽつりと呟いた本音に、ご丁寧に現実を突きつけてくれる仲間達だった。悪気はどこにもないのだが。料理に絶対の正解はないし、味の好みは千差万別なので、万人が美味しいと言う料理というのは難しいのだ。

それでも、悠利は日々、それを考えて料理を作っている。食べる人が喜んでくれるように。美味しいと思ってもらえるように。自分が作った料理で、誰かが美味しいと喜んでくれることが、悠利にとっては何よりも嬉しいことなので。

そんな風にのんびりと過ごしていると、ひょっこりとルークスが姿を現した。ぽよんぽよんと跳ねながら近付いてくる。大好きなご主人様を見つけて、その目がキラキラと輝いた。

「キューピー」

「あ、ルーちゃん見回りご苦労様」

「キュピ！」

フラウにアジトの警備を頼まれたルークスは、悠利達が昼食を食べている間、ぐるりとアジトの周囲を見回ってきたのだ。不審者がいないかを確認し、害虫を駆除し、雑草を排除する。出来るスライムは今日もお役立ちだった。

大好きなご主人様に褒められて、ルークスはご機嫌だった。頭を撫でてくれる悠利にすり寄っている。大変愛らしい姿だった。

そんな悠利とルークスを見ていたヤックは、ぼそりと呟いた。紛れもない本音を。

「こうやってると可愛いのに、怒ったら二人とも滅茶苦茶怖いんだもんな……」

「言うな、ヤック」

「そうだぞヤック、言うな」

「……今更」

「うん……」

仲間達に言われて、ヤックは小さく頷いた。遠い目をしている。

悠利もルークスも、基本的には温厚で争いなど好まない。平和主義と言えば平和主義だ。ただし、どちらも怒らせると大変怖い。更に言うと、ルークスはご主人様である悠利が大好きなので、悠利に危害を加えるとか、敵対するとかした段階で、排除対象としてロックオンしてくるのだ。可愛い見た目の割に物騒なスライムである。

ただ、どちらも理不尽に怒ることはない。それが解っているので、見習い組の四人も怒られないようにしようと心に刻むだけなのだ。

とりあえず、今日もご飯が美味しいなぁと思う四人だった。多分、それぐらいで良いのだろう。小難しいことは、四六時中考えなくても良いのだ。美味しいは正義なのだから。

第一章　仲間達にも色々と事情がありました

その日は珍しく、大雨が降った。暑い夏の季節に降る大雨は、恵みの雨とも言える。暑い日差しでカラカラに乾いた大地に染みこむ雨は、慈雨と呼んでも間違いはないだろう。

そしてまた、連日の暑さを和らげるように、大量の雨は涼しさも運んでくる。空気が冷やされるのか、雨のおかげで今日はそれなりに涼しいのだ。少量の雨だと焼け石に水状態というかむしろ逆効果なのだが、バケツをひっくり返したような土砂降りの雨となれば、気温を下げるのに一役買ってくれる。

そのおかげで、今日は一日とても過ごしやすい。ただ、連日暑かったせいか、少し肌寒く感じたりもする。身体(からだ)はそう簡単に寒暖差に適応出来ないのだ。

なので、悠利は久しぶりに温かい料理を作ろうと思った。ほかほかの料理を食べてもらって、冷えた身体を芯(しん)から温めてもらおうという考えである。

「と、いうわけで、今からジャガイモのクリーム煮を作ります」

「牛乳で煮たジャガイモってことか？」

「うん。ちゃんと味は付けるから、牛乳風味だけってわけじゃないけど」

「りょーかい。とりあえずジャガイモの皮剥(かわむ)きするわ」

「ありがとー」

　どんな料理になるのかがイマイチ解っていないカミールだったが、ジャガイモを使うのならば皮剥きは必要だろうと準備に取りかかる。慣れた手つきでジャガイモを洗って皮剥きをするカミール。真面目な顔をしていると顔立ちの雰囲気もあいまって、どこかの御曹司様のように見える。

　まぁ、口を開くといつものカミールなのだが。

「俺らも皮剥きに大分慣れてきたけどさぁ」

「ん？　どうかした？」

「いや、ユーリの速度がえげつないなぁと思って」

「え？　そう？」

「そう」

「慣れじゃないかなぁ」

　のほほんと笑いながらジャガイモの皮剥きをする悠利。手元を見ていないのに動作によどみがないレベルで、十分に凄（すご）い。料理の技能（スキル）レベルの高さは今日も健在だった。

　ただ、本人はそんなことはどこ吹く風だ。いつもやってることだしね～とでも言い出しかねない。カミール達に言わせれば、「いつもやってるからって、そこまで速くならないからな!?」ということなのだが。あんまり通じていなかった。

　まぁ、皮剥きが速くて困ることはないのだ。何せ、《真紅の山猫》は悠利を含めて総勢二十一人の大所帯である。全員揃（そろ）って食事をする日ばかりではないといっても、やはり、大人数であることに変わりはない。

二人がかりで大量のジャガイモの皮剥きを終わらせると、次の準備へと取りかかる。

「それじゃ、次はジャガイモを切り分けるよ。火が均一に通るように、同じぐらいの厚さにスライスします」

「あんまり薄くしたら崩れるよな」

「そうだね。ジャガイモは火が入ると崩れやすいから」

「そこ気を付けないとダメだな」

「うん」

うんうんと一人で頷くカミール。最初の頃は色々とおぼつかなかった見習い組も、今では自分で色々と考えて料理が出来るようになっている。毎日毎日ご飯を作っていると、それなりに進歩するのだ。当人達はあまり気付いてはいないけれど。

また、カミールは見習い組の中でも目端の利くタイプだった。俯瞰的に物事を判断出来るとか、情報収集が得意だとか、伊達に商家の息子として育っていないというところだろうか。全体のバランスを取るのも得意で、細かいところに気がつくのだ。

一つ欠点を挙げるとするならば、細かいところに気がつく為に他人にちょっかいをかける部分だろうか。親愛の情を込めてなのだが、ちょこちょこウルグスやアロールをからかって遊んでいる。まぁ、それで険悪になるようなことはないので、配分を考えてやっているのだろう。勉学とは別の意味で頭の良さが発揮されていた。

閑話休題。

ジャガイモは一センチから二センチぐらいの輪切りにする。今回は火の通り時間が均等になるようにこの形状だが、カレーなどのようにゴロゴロとした形に切っても別に問題はない。好みの問題である。

切り終えたジャガイモを鍋に入れたら、そこに牛乳をたっぷりと注ぐ。ジャガイモが全て浸かるようにたっぷりと入れるのが大事だ。牛乳に浸かっていない部分は、火の通り加減が変わってしまうので。

「ジャガイモが牛乳に浸かったら、あとは味付けだね」

「何使うんだ？」

「顆粒だしの鶏ガラと、塩胡椒と、乾燥バジルと、後はクリームチーズ」

「……何でそこでチーズ？」

「入れるとコクが出て美味しいから」

「なるほど」

首を傾げたカミールだが、悠利が大真面目な顔で答えれば、素直に納得した。悠利の言う美味しいは、カミールにとっても美味しいなのだ。よって彼は、悠利の判断に素直に従うことにした。誰だってご飯は美味しい方が良いので。

調味料と少量のクリームチーズを鍋に入れて、くるくると混ぜる。クリームチーズは小さく千切って入れたが、完全には溶けないので火にかけながら混ぜる必要がある。

「それじゃ、調味料を入れたから火にかけるよ」

「これ、混ぜないとダメなんだよな？」

「今日はチーズ入れたから、チーズを溶かす必要はあるね」

「ジャガイモ入ってるけど、混ぜて平気？」

「そんなにすぐには軟らかくならないから大丈夫」

「そっか」

火が入ると崩れやすいジャガイモの性質を気にしてのカミールの発言に、悠利はにこやかに笑った。大丈夫と太鼓判を押されたことで安心したらしいカミールは、火にかけた鍋の中身をくるくるとヘラで混ぜている。

牛乳は沸騰させると膜が張ってしまうので、弱火でことことじっくりと煮込む。徐々に温まったことでチーズが溶けたのを確認したら、後は混ぜずにジャガイモに火が通るのを待つだけだ。

「それじゃ、煮込んでる間に他の料理の準備をしようか」

「了解ー」

「きっちり蓋をすると吹きこぼれたら困るから、少しズラして被せようねー」

「解った」

蓋をしなければ煮込む過程で蒸発して煮詰まってしまう可能性があるので、蓋はする。しかし、完全に塞いでしまうと温まりすぎて吹きこぼれる可能性があるので、僅かにズラして熱を逃がすのだ。その方が、他の作業をしていても安心なので。

二人でアレコレ相談しながら他の料理を作る。雑談を挟みながら料理が出来るようになっているのは、進歩だった。合間合間に、美味しそうな料理の誘惑に負けてカミールが味見をしようとするのと、やりすぎと止める悠利というやりとりがあったのもご愛敬だろう。

そんなこんなで他の作業をしている間に、ジャガイモが煮えた。そろそろ頃合いかな？　と考えて爪楊枝を刺してみれば、するりと刺さった。力を入れずに刺さったことを考えれば、火が通ったのは確実だ。

これ以上煮込むとジャガイモが崩れてしまうので、火はそこで止める。味の確認に、ジャガイモを二つ小皿に取り出して、一つずつ分ける。

「熱いから気を付けてね」

「大丈夫だ。俺、猫舌じゃないし」

「あははは」

満面の笑みを見せるカミールに、悠利は思わず笑った。《真紅の山猫》には猫舌代表のレレイがいるのだ。猫獣人の血を引く彼女は、大食いだけど猫舌で、温かい料理のときは四苦八苦しているのである。

ほかほかのジャガイモに息を吹きかけて冷ますと、そっと囓る。しっかりと火が通ったジャガイモは、口の中でほろほろと崩れる。牛乳の風味に調味料の味が加わり、クリームチーズが隠し味程度に顔を覗かせる。

牛乳で煮込んだからか、ジャガイモの隅々まで味が染みこんでいた。単純に茹でただけのときとは大違いだ。優しい味が、温かさと共に口の中に広がっていく。

「これ、何て言うかまろやかな感じで食べやすいな」

「ジャガイモと牛乳の相性はばっちりだから。チーズとも合うし」

「ジャガイモって牛乳と相性良いのか？」

「ビシソワーズがある段階で、相性は良いと思うんだけど」

「ビシソワーズ？」

何だっけそれ？　と首を傾げるカミールに、悠利はのんびりと「ジャガイモの冷製スープ」と答える。冷たいポタージュスープみたいなもので、裏ごししたジャガイモのペーストを牛乳とブイヨンなどで伸ばしたスープである。暑い日にはとても美味しい。

その他、シチューやグラタンにもジャガイモが使われていることを考えれば、牛乳との相性は推して知るべし。相性が悪ければこんなにも一緒に使われることはないだろう。

なので、クリーム煮が美味しいのも必然だった。多分。

とにかく、美味しく出来たので二人は満足そうに頷いた。きっと皆も美味しく食べてくれるだろう。後は、食べる前に火を入れて温かくしてから提供すれば良いだけだ。

「それじゃ、準備を終わらせちゃおうー」

「おー」

料理が上手に出来たので、残りの作業に取りかかる悠利とカミールの表情は晴れ晴れとしているのだった。

そんなこんなで夕飯の時間。珍しく提供された温かい料理に首を傾げていた一同も、肌寒さは覚えていたのか誰一人文句は言わなかった。

それどころか、美味しい美味しいとお代わり続出だった。連日暑い日が続いていた反動で、今日の寒さは少しばかり堪えたらしい。

「何かこう、温かいのがしみる感じがするー」

「美味」

スープと一緒にジャガイモを食べながらヤックが表情を綻ばせていると、その隣でマグがいつも通りの無表情でぼそりと呟く。その口元がほんの少しだけ笑んでいるのを見て、ウルグスが声をかける。

「出汁関係以外でお前がそこまで食いつくってことは、お前もやっぱり寒かったのか？」

「……美味」

問答するのが面倒だと言いたげに、マグはウルグスから視線を逸らして一言呟くだけだ。そしてそのまま、もくもくと食事に戻る。どうやら、弱みを見せることになる気がして言いたくないらしい。それを察したウルグスは、ため息を吐くだけでそれ以上何も言わなかった。

そんな二人のやりとりをハラハラしながら見ていたヤックは、今日は平和だったと一人胸をなで下ろす。ここから手や足が出る口喧嘩に発展する可能性が高いのが、見習い組年長コンビの日常なのである。何もない時間ならともかく、食事時には勘弁してほしいやつである。

賑やかな仲間達を気にせず、悠利はのんびりとご飯を食べている。ほくほくしたジャガイモの食感と、味を調えた牛乳の風味が何とも言えず相性抜群である。乾燥バジルが良いアクセントだ。隠し味程度に入れたクリームチーズも良い仕事をしている。前に出すぎず、けれどしっかりとコクを追加してくれているのだから素晴らしい。

ちなみに、ピザ用などのとろけるタイプのチーズを入れても美味しい。その場合は、牛乳にとろみが付く感じになる。食べにくいかな？ と思って今日はクリームチーズなのだ。

「ユーリ」

「何ですか、アリーさん」

「何でまた、今日は珍しく温かい料理を用意したんだ？ 確かに好評だが」

「今日はちょっと寒かったので」

アリーの問いかけに、悠利はさらりと答える。別に騒ぎ立てるほどの寒さではなかった。それでも、夏の暑さに慣れた皆には、少しばかり寒いと感じる気温だったはずだ。それはアリーにも分かっている。

「暑さと寒さの極端な変化に耐えられるほど、身体って器用に出来てないと思うんですよ。なので、今日は温かい料理が美味しいかなと思ったんです」

「お前は本当に、何だかんだでアレコレ考えて料理をするな……」

「美味しく食べてもらいたいじゃないですか」

感心と呆れが混ざったようなアリーの言葉に、悠利は大真面目な顔で言い切った。せっかく料理を作ったならば、美味しく食べてもらいたいと思うのが悠利の本音だ。美味しく、喜んで食べてもらいたい、と。

アリーが言いたいのは、いつもいつでも誰かの為を考えて料理をしていることなのだが、悠利にしてみれば普通のことだったので微妙に会話が噛み合わない。息をするように誰かの為に料理を作る悠利の性格は、ある意味で一種の才能と言えた。

「ところで、フラウとアロールが妙に気に入ってるように見えるのは何でだ？」

「あー、チーズが入ってるからじゃないですかね」

「……なるほど」

そこまで存在を主張しているわけではないが、牛乳に溶け込んだクリームチーズの風味は確かに存在している。チーズ好きのフラウとアロールの二人が気に入っているのはそれが理由だろうと悠利は思った。

普段はクールなアロールの表情が、ほんのりと緩んでいるのがその証拠だ。好き嫌いをあまり口にしないアロールだが、好物を食べたときは嬉しそうな顔になるのだ。そこを完全に制御出来ない辺りが、可愛い最年少である。

「ユーリー、これ、美味しいね！」

「あ、レレイも気に入った？」

「うん。熱々は食べられないけど、温かい料理も美味しいから好きだよ！　ジャガイモも軟らかいし！」

「それなら良かった。……ところで、何でクーレとラジはレレイの両腕を掴（つか）んでるのかな？」

「「お代わり防止」」

「え？」

にこにこ笑顔のレレイだが、腕を片方ずつクーレッシュとラジに確保されており、まるで連行されているようだ。連行というよりは、捕獲に近いだろうか。満面の笑みを浮かべる彼女のご機嫌な表情と、男二人にとっ捕まっているという状況が完全にミスマッチである。ギャップどころではない。

そして、暢気（のんき）に笑っているレレイと裏腹に、男二人は大真面目だった。真剣だった。自分達が役目を果たさねばならないとでも言いたげな雰囲気だ。いったい何があったのか。

「ねぇ、何があったの？」

「んー？　何かねぇ、お代わりは順番を待てってって捕まっちゃったー」

「………………え？」

のほほんと笑うレレイの発言に、悠利はきょとんとした。説明を求める意味で悠利が視線を向ければ、クーレッシュはため息を吐きながら口を開いた。

「こいつ、大食いだろ？　美味しいからってお代わりに飛んでいくのは良いんだけど、他の人の分がなくなりそうだから捕まえてたんだよ」

「特に、珍しく小食組が食べようとしてるからさ」

「……なるほど。レレイ、他のおかずもお代わり出来るから、そっちを食べたらどうかな？」

「お代わりあるの？」

「あるよ。台所に」

「わーい、やったー！」

レレイは実に単純だった。悠利のご飯を何でも美味しいと言って食べる彼女なので、お代わりがあるならそれで満足なのだろう。ラジとクーレッシュから解放されて、うきうきで器を片手に台所へ消えていく。とても楽しそうだ。

一先ずレレイからジャガイモのクリーム煮を死守出来た二人は、安堵のため息を吐いていた。そんな彼らの密かな頑張りは、和気藹々と鍋を囲んでお代わりをしている小食組には気付かれていない。でも多分、それで良いのだろう。

「チーズが入ってるからアロールが気に入るのは分かるけど、イレイスやロイリスも気に入ったんだね」

「今日寒かったからじゃね？」

「クーレも？」

「日中は思わなかったけど、こうやって温かい料理が出てくると寒かったんだなって思った」

悠利の問いかけに、クーレッシュは笑って答える。過ごしやすい日だと思っていたのだが、気付けば身体は寒さを覚えていたのだ。悠利が用意したジャガイモのクリーム煮の温かいスープを飲んで初めて実感したらしい。

「美味しかった？」

「今日もとても美味しかったデス」

「それなら良かった」

戯(おど)けるクーレッシュに、悠利はにこにこと笑った。いつもありがとうな、と続けられた言葉には、どういたしましてと真面目くさって答える。次いで、顔を見合わせて笑った。何てことのない日常が、彼らには楽しくて面白くて、最高なのだ。

後日、チーズ増量でジャガイモのクリーム煮を作ったところ、そっちはそっちで大好評となったのでした。ジャガイモと牛乳とチーズは相性抜群です。

それは、悠利が口にした質問から始まった話題だった。

「フラウさんって、どうして《真紅の山猫》に来たんですか？」

「ん？　どうして、とは？」

「いえ、指導係の皆さんって、色々と理由があってここに来たっぽいので」

素朴な疑問です、と悠利は続けた。質問を投げかけられたフラウはと言えば、ふむと口元に手を当てて思案顔。けれど別に、悠利の質問を嫌がっているようには見えない。

悠利がこんな風に考えたのには、理由があった。フラウ以外の指導係が《真紅の山猫》に所属している理由を、聞いているからだ。

まず、リーダーであるアリー。彼は、現役の冒険者として戦っていた頃に片目を負傷し、隻眼になった。それを機に前線を退くことになり、《真紅の山猫（スカーレット・リンクス）》の先代リーダーに誘われて身を寄せたらしい。

当時既にアリーの真贋（しんがん）士としての腕前は知れ渡っており、そこを見込まれてのことだった。指導係として身を寄せ、数年後にはリーダーを任されるようになったのだ。

そのアリーの相棒と皆に認識されているブルックは、端的に言えばアリーの付き添いだ。特に行く先がなかったことと、前衛職が求められていたこともあって、渡りに船とばかりに同行したらしい。

当人曰（いわ）く、暇つぶし。その理由を正しく理解出来るのは少数派だろう。ブルックの正体をきちんと理解している、アリーや元パーティーメンバーのレオポルド、そして、鑑定でうっかり知ってしまった悠利ぐらいだ。

ブルックは竜人種（バハムーン）という種族だ。長命で知られる戦闘種族で、人の姿と竜の姿を持っている。どれぐらい長命かというと、人間の一生を瞬（また）きと形容してしまえる程度には長生きだ。そんなブルックなので、まさにつかの間の暇つぶしでここにいるのだろう。

友人の手助けをする、という実に解りやすい理由だけで身を寄せているブルックだが、何だかんだで日常は楽しそうに過ごしている。なのできっと、当人は満足しているのだろう。

その二人といささか趣が異なるのが、ティファーナとジェイクの二人だ。彼らは端的に言えば、《真紅の山猫》に避難してきているのだ。

ティファーナは、彼女曰く「面倒くさい貴族に目を付けられている」という状況になる。しつこく結婚話を持ちかけてくるらしく、彼女は大変ご立腹だった。放っておいてほしいと常々言っている。

今も時折手紙が届くのだが、彼女が中身を確認することも、返事を書くこともない。届いた手紙はそのままゴミ箱に直行だった。毛嫌いしてるなぁ、と皆が思っているが、誰も詳しい事情は聞こうとは思わない。色々と怖いので。

対してジェイクは、若干命の危機を感じるという理由からの避難だった。正確には、お師匠様に命じられてのものだ。

気を抜くとアジトで行き倒れるダメ大人代表のジェイク先生だが、実はかつては王立第一研究所というとても凄い場所で研究に勤しんでいた優れた学者なのだ。何せ、お師匠様が同所の名誉顧問である。

ただ、学者として優れていても、人間としては果てしなくポンコツなのがジェイクだった。彼は、人間関係や他者の感情の機微など、まっっっったく意に介さない男である。ひたすらに、自分が興味のあるものへ突っ走るだけだ。研究しか見えていないとも言える。

優れた学者が集う場所とはいえ、そこにいるのはあくまでも感情を持った個人だ。様々な感情が渦巻いていて、様々な人間関係が存在する。そのいずれも見向きもせずに、平然と踏み潰して我が道を突っ走っていたジェイクは、まぁ、端的に言えば疎まれたり妬まれたり恨まれたりしていた。

ただし、ここでフォローをしておくならば、彼は基本的に他者に害をなすことはない。相手の地雷を全力で踏み抜くことはあるものの、意図して危害を加えることはない。

彼に向けられた恨みなどの負の感情も、その殆(ほとん)どが逆恨みに等しいものだ。飄々(ひょうひょう)と、悠々自適に生きる男に、苦労など知らないと言いたげな男に、同業者の恨みが募るのはまぁ、よくあることなのだろう。

そこで一定の聡(さと)さがあれば、自衛出来たのだ。人間関係を改善するとか、態度に気をつけるとか、諸々で。しかし、それが出来ないからジェイクであり、そんなポンコツの弟子だと解っているのでアリーの下へ弟子を逃がしたのが師匠だった。

ちなみに、ティファーナとジェイクが避難してきたのは、リーダーがアリーになってからだ。凄(すご)腕(うで)の真贋士として知られるアリーの存在は大きく、その後ろ盾にはとある大物が控えているので手を出してくる存在もいない。駆け込み寺みたいなものだった。

そんな風に事情を抱えている指導係に比べて、フラウは特に何のしがらみもなく生活しているように悠利(ゆうり)には見えた。だからちょっと、気になったのだ。

悠利の発言に興味を惹(ひ)かれたのか、周囲で寛いでいた訓練生達も視線をチラチラと二人に向けている。好奇心に満ちた皆の顔を一通り見渡してから、フラウは肩をすくめて口を開いた。

「何か面白い返答を期待されているところ悪いが、私の理由は実に単純だ。面白くも何ともないぞ」

「と、言いますと？」

「単純に、仕事がなかったからだ」

「へ？」

きっぱりはっきり言い切ったフラウに、悠利はぽかんとした。周囲の訓練生達も同じくだ。「仕事がなかった……？」と呆気に取られたように反芻したのは、誰だったか。とりあえず、全員がフラウの言葉の続きを待った。

「私も以前はパーティーを組んで冒険者をやっていてな。ただ、仲間が故郷に戻るとか、家業を継ぐとか、結婚するとかで解散することになったんだ」

「なるほど」

「ソロで活動するのも悪くはないが、私は弓使いだからな。誰かと組むか、どうするかと考えていたところで、声をかけられた」

「それが理由ですか？」

「そうだ。渡りに船だった。ここだと衣食住も保障されるし」

大真面目な顔で言うフラウ。しかし、それはとても大事なことだった。安心して生活出来る環境というのは何にも勝る。うんうんと皆が頷いていた。

フラウのように、パーティーの解散によって身の振り方を考えなければならない冒険者は多い。それなりの年齢ならば引退を考えても良いが、若い場合はそこからまた別の仲間を探して冒険者稼業を続けるのだ。

「ちょうど、弓使いというか、遠距離を得手とする指導係を探していたらしくてな。私はそれなりに腕も立ったから、声をかけられたんだよ」

「なるほど。だからフラウさんは他の人よりも気負いが少なく見えるんですね」

「そう見えるか？」

「はい、僕には」

にこりと笑う悠利に、フラウはそうかと笑った。笑うだけだった。その表情は実に格好良く、凛々しく勇ましく、なんというか、お姉様とか姐さんとか呼びたくなるものだった。安定のフラウさんです。

二人の会話が一段落したのを察したのか、訓練生達がひょこひょこと近寄ってくる。色々と聞きたいことがあるらしい。

一同を代表して口を開いたのは、ヘルミーネだった。

弓使いとして常日頃フラウに直接指導を受けている彼女は、他の面々よりフラウに近しいと言えた。黙っていれば美術品と言えそうな天使めいた可憐な美少女は、好奇心に満ちた表情で問いかけた。

「フラウさんが来た頃って、《真紅の山猫》はどんな感じだったんですか？」

「どんな感じ、というと？」

「今と似てるとか、全然違うとか、そういうところです」

このクランは初心者に冒険者、特にトレジャーハンターとしての基礎を教える場所なので、メンバーは入れ替わる。独り立ちしても問題ないと思われるほどになれば、皆、卒業していくのだ。なので、フラウが指導係になった頃の訓練生はもういない。

だからこそ、ヘルミーネは気になったのだろう。彼女の質問内容を理解した一同も、興味津々といった感じでフラウの返事を待っていた。

そんな彼らに対して、フラウはいつも通りの表情と口調で言い切った。あっさりと。

「……ふむ。騒々しいのはほぼほぼ変わらないと思うが」

「「変わらないんだ……」」

今が騒々しい自覚があるだけに、コレが昔からの伝統なのか……？　と思ってしまう若干名。

騒々しいにも色々な種類や理由があるだろうが、とりあえず静かではなかったらしいと判明した。

まぁ確かに、しょっちゅう遊びに来る卒業生のバルロイとアルシェットのコンビを考えても、賑やかではある。脳筋の狼獣人と、その手綱を握ってツッコミに忙しい相棒のハーフリング族。所属したのが同時期というだけで、彼らは今も一緒に行動している。

まるで芸人によるどつき漫才かと思うようなやりとりを繰り広げるのが、バルロイとアルシェットだ。なお、基本的にいつもバルロイが悪い。本人に悪気がなかろうが、悪いのはバルロイである。大騒ぎする二人の姿は騒々しい以外の何物でもなく、他にもあんな感じの人がいたのかなぁと思う一同だった。

「クランの特性上、ここに身を寄せるのは若者が多いだろう？　人数が増えると、どうしても騒々しくなるものさ」

「あー、確かに。未成年、多いですもんね」

「まぁ、一番騒々しかったのは、バルロイとアルシェットがいた頃なんだが」

「「……なるほど」」

さらりと告げられた事実に、一同は遠い目をした。やっぱり、あの二人の騒々しさは突出していたのだ、と。賑やかで、騒々しくて、でも仲は決して悪くはないという二人だ。

皆と会話をすることで、フラウもここへ身を寄せた頃のことを思い出したのだろう。何てことのない口調で、彼女は過去を語った。

「私が身を寄せたときも、一悶着あったんだがな」

「「え？」」

「それまで遠距離攻撃組を担当していた指導係は年嵩の人物でな。その後任としてやってきたのがまだ若い私だったことで、文句を言う者もいた」

「「……へー」」

淡々と告げられる言葉に、一同の心は一つになった。何て命知らずな、と。

その当時のフラウが何歳だったのか、前任者がどんな人物であったのかを、彼らは知らない。知らないが、リーダーから正式に話を受けてやってきた指導係に、若いからというだけで文句を言うのは、明らかに悪手だ。フラウに対して失礼なのは勿論、彼女を選んだリーダーの目を疑うことにもなる。

とはいえ、そういう反応が出る辺りも、メンバーが若いということなのかもしれない。血気盛んな若者の中には、相手の力量を正しく測ることが出来ず、自分の価値観で判断して喧嘩を売るおバカさんもいるのだ。

「それじゃあ、最初の頃は大変だったんですね」

「いや？　初日にシメたから問題ない」

「……はい？」

悠利の言葉に、フラウはあっさりと否定の言葉を口にした。続いた台詞に、悠利は思わず目を点にする。物凄く自然な口調で言われたが、ちょっと聞き捨てならない内容だった。

悠利だけでなく、皆もきょとんとしている。フラウは腕は立つが、基本的には身内相手にそこまで血の気は多くない。沸点は割と低いが、仲間内では手を出すようなことのない安心安全な頼れる指導係さんである。

その彼女の口からこぼれたアレな発言に、皆が呆気にとられても仕方のないことだろう。普段の彼女と違いすぎるので。

「あの、フラウさん、それって……」

「あぁ、勘違いしないでくれ、ユーリ。私が自分でそうすると決めたわけじゃない。そうしろと、言われたんだ」

「……アリーさんに？」

「そうだ」

悠利達の困惑を感じ取ったのか、フラウは笑いながら追加情報を口にする。その説明で、何となく事情が解った一同だった。指導係が舐められたままでは話にならないので、手っ取り早く若者の鼻っ柱をへし折れと言われたのだろう。

特筆すべきは、フラウにそれが出来るとアリーが判断していたところか。まぁ、それだけの実力があると思わなければ、指導係として勧誘はしていないのだろうが。

とりあえず、フラウが自分達の知っているフラウだと理解出来て、一安心した一同だった。そんな、手っ取り早く力で解決してしまえ、みたいなのを身内相手にする人ではないと彼らは思っていたので。

……なお、身内相手にはしないというだけで、敵対者には割と容赦ないお姉さんではある。悠利が侮辱されたと知ったときには、武器を片手にO・HA・NA・SIをしに行こうとしたぐらいだ。血の気はそれなりにあるし、沸点はクールな印象に反して低い。

「やっぱり、そういうこともあるんですね」

「あるな。私よりも、ティファーナのときが酷かったが」

「そうなんですか？」

「あぁ。彼女は私より更に、戦闘に向いているようには見えないだろう？　物腰も柔らかいからな。勘違いするバカがいた」

「……ティファーナさん、怒らせると怖いのになぁ」

遠い目をして悠利が呟くと、同意するように訓練生達が首を縦に振った。まるで赤べこのように何度も何度も頷いている。実感がこもっていた。

フラウは見るからに怒らせたらマズそうな、凛々しい印象の女性だ。対するティファーナは良家の子女と言われても納得出来るような、たおやかな美貌のお姉さんである。舐めてかかるバカがいたらしいと知り、その愚かさに合掌する一同。

勿論それは、ティファーナが指導係に就任した直後の話だ。それ以降は、新入りが彼女への判断を間違えたら、先輩達が全力で止めるようになったらしい。悠利達でも止める。

「まぁ、最初がどうであれ、ここで過ごす内にそれなりに人を見る目は養われるさ。卒業する頃には、外見や性別、年齢で相手を判断するようなバカなこともなくなっているしな」

「確かに、ここにいるとそうなりますよねぇ」

「私達も、色々な相手を知れて勉強になるからな」

「なるんですか？」

小首を傾げた悠利に、フラウは笑う。不思議そうな顔をしている彼が、彼女にしてみれば色々な相手の最たる存在だ。

「勿論。本来なら関わるはずのないような相手とも、関わることになるだろう？」

「世代や職業、種族的な感じで、ですか？」

「そうだ」

頷いたフラウに、悠利はなるほどと小さく呟いた。生きていく上で関わることになる相手というのは、意外と自分と似た属性になる場合が多い。同じ場所で活動する相手と接することが多くなるからだ。

それを思えば、《真紅の山猫》には多種多様な面々が集まってくる。共通点はトレジャーハンターを目指す冒険者というところだろうか。まぁ、トレジャーハンターを目指していなくとも、冒険者としての基礎を学ぶという意味で所属している者も多いが。

生まれも、育ちも、年齢も性別も、種族すらも異なる者達が一堂に会する。そういう意味では、このクランはある種の坩堝のようなものなのかもしれない。見聞を広げるのにも役立ちそうだという意味で。

「フラウさんは、ウチにいて楽しいですか？」

「あぁ、楽しい。毎日騒々しいほどに賑やかで、問題はあっても何だかんだで皆で解決していくこの場所が、気に入っている」

「それなら良かったです」

「ん？」

「気に入ってるって思ってる間は、フラウさんはここにいるんだなぁと思ったので」

にっこりと笑う悠利に、フラウは瞬きを繰り返す。まさかそんなことを言われるとは思わなかったのだ。けれど、悠利には悠利なりの言い分があった。

他の面々の理由に比べて、フラウが《真紅の山猫》に指導係として身を置く理由は、軽い。そういう言い方をしてしまっては失礼だが、別の道を考えて選ぶ可能性があると思えるぐらいには、彼女はこの場所に絶対を感じていないはずなのだ。

だから、悠利はフラウの話を聞いてちょっと安心したのだ。悠利達と過ごす賑やかで騒々しい毎日を楽しいと思ってくれている間は、フラウはきっとここにいてくれるだろうと思って。そう思う程度には、悠利も《真紅の山猫》を、そこに暮らす仲間達を、大切に思っているのだ。

始まりの理由が何であれ、今この日常を大切に思っているというのは、皆の確かな共通点なのでありました。

「そんなに食べたかったの？」

不思議そうな顔をして問いかけた悠利を見て、ヤックとカミールは声を揃えて叫んだ。

「「だって、美味しいって言ってた！」」

と。

実に正直な感想だった。とてもとても正直な感想だった。あまりにも正直すぎて、思わず悠利が笑ってしまうぐらいだ。目の前の二人が、怖いぐらいに真剣な顔をしていたのもその理由になる。

事の発端は、今日の昼食を何にするかという話だった。

何だかんだで皆が出払っていて、昼食を食べるのは悠利と料理当番のヤック、自習をしていたカミール、留守番役のティファーナの四人だけだ。なので、悠利は二人に何が食べたいかを聞いてみたのだ。この人数ならば、好きなモノを作って食べられると思ったので。

そんな悠利の質問に対して、二人はこう答えた。「ナポリタンが食べたい！」と。

何でナポリタン？　と思った悠利が理由を聞けば、以前にケチャップ味の野菜炒めを作った際に話題に上ったからだと二人は主張した。元気のなかったルークスに様々な種類の野菜炒めを振る舞ったことがあるのだが、そのときの話だ。

炒めた野菜をケチャップで味付けしただけのそれは、パスタに絡めればナポリタンになるなというような感じの野菜炒めだった。そういうパスタもあるよと説明したのは悠利であり、どこかで似たような料理を食べたことのあるアロールが「ケチャップ味のパスタ、美味しいよね」みたいなことを口にした。

それを、二人は覚えていたのだ。

「だって、今度作ってくれるって言ったのに、全然作ってくれないし」

「それはほら、色々と食材とか段取りとか人数の関係とかがあるから……」

「オイラも、ずっと食べたいなって思ってた……」

「お願いだから二人とも、そんな恨みがましげな顔で見ないで……」

作ってくれるって言ったのに、と口を揃えてぼやく二人に、悠利は困ったように笑った。確かに約束をしたかもしれないが、確約は出来ないのだ。何せ、食事は二人の為だけに作るわけではないので。

勿論、二人もその辺りのことは解っている。解っているから、今日まで大人しく我慢していた。いつか都合の良い日に悠利が作ってくれるかも知れないと、期待して。

そんな二人だったので、料理のリクエストを聞かれて思わず大声で「ナポリタンが食べたい！」と叫んでしまったのだ。期待ばかりが膨らんでいたとも言える。

「えーっと、作るのは構わないんだけど、一つだけ良い？」

「何だ？」

「何かあるの？」

「本当に、本当に、ケチャップで味付けしただけのパスタだからね？　特別な調味料とか何もないし、あんまり期待しすぎてそこまでじゃなかったってがっかりしないでね？」

二人の意気込みがあまりにも強かったので、思わず予防線を張るように諭してしまう悠利だった。どんなに美味しい料理でも、心の中で期待値を爆上げしてしまっていると「そんなに美味しくなかった」みたいになることがあるのだ。期待をするのは悪くないが、過剰な期待は時にマイナスになってしまうのだ。

一生懸命な悠利の様子に、ヤックとカミールは顔を見合わせた。そして、二人揃って笑う。悠利の考えが杞憂だと言うように。

「オイラ達、そのケチャップ味のパスタが食べたいだけだよ、ユーリ」

「そうそう。ケチャップが美味いの知ってるし、あの野菜炒めが美味かったから食べたいってだけだから」

「それなら良いんだけど」

二人の言い分を聞いて、ホッと一安心する悠利。それなら大丈夫かなと胸をなで下ろす。作って食べて、期待以下だったと思われるのは悲しいからだ。何が悲しいって、頑張って作ったのに美味しくなかったときの二人の反応を見るのが、だ。その辺りは悠利らしかった。

誰が見ても解るほどに安堵した表情になった悠利に、ヤックは楽しそうに笑いながら口を開いた。

「ユーリは心配性だなぁ」

「別に心配性ってわけじゃないんだけど」

「でも、オイラ達のことを思って言ってくれたんだってことは解るよ。ありがとう」

「そうだな。そこは感謝しとくよ、ユーリ」

「……えーっと、どういたしまして？」

今の会話の流れにお礼を言われるようなことはあっただろうかと、悠利は首を傾げながら答えた。よく解っていないなかったので、語尾に疑問符がついているが気にしてはいけない。そんな悠利だと解っている二人は、楽しそうに笑うだけだ。

とりあえず、これで本日の昼食メニューが確定したことになる。

メインはナポリタン。朝食の残りのスープとサラダを添えれば、立派なランチになるだろう。果物をデザートにすれば完璧だ。悠利は脳内でメニューを組み立てて、問題ないと判断した。

「それじゃあ、お昼はナポリタンにしようか」

「「やった‼」」

悠利の言葉に、二人は手を叩いて喜んだ。そこまで喜ばれると、もっと早くに作ってあげれば良かったなぁと思う悠利だ。ナポリタン自体は、別に難しい料理でもないので。ただ単に、機会が無かっただけなのだが。

調理に取りかかる二人に、楽しみにしてるからな！　と素晴らしい笑顔を残してカミールは去っていった。それはもう素晴らしい笑顔だった。あの一瞬を切り取ったなら、いったいどこの貴族のご令息だとか言われそうなぐらいには。

悠利が作ろうと思っているナポリタンは、割と基本に忠実なシンプルなものだ。具材はピーマンとタマネギとソーセージ。味付けの基本はケチャップ。昔懐かしいケチャップ味のパスタである。喫茶店などでよく見かける感じのアレだ。

「野菜の下拵えをしてる間に、鍋にお湯を沸かしておこうね。パスタ茹でないとダメだから」

「えーっと、四人分だからそこまで大きな鍋はいらないかな」

「パスタはたっぷりのお湯で茹でた方が美味しいから、大きめの鍋を使おうか」

「ん、解った」

大鍋に必要量の水を入れ、蓋をして火にかける。お湯が沸くまでの間に、具材を切る作業だ。二人でやれば、別に大変でも何でもない。特に今回は、難しい切り方は必要ないので。

「ピーマンはヘタとワタを取って細切りにして、タマネギも同じぐらいの幅で切るよ」

「解った。ソーセージは？」

「ソーセージも細切りにしようかな。その方が食べやすいし」

「なるほど。具材の形を揃えると食べやすいって、前にも言ってたよね」

「うん。後、炒めるときも楽かな」

うんうんと納得したヤックは、テキパキとピーマンの処理に取りかかる。……流れるようにタマネギ担当からは逃げていた。別にスライスにするわけではないのでそこまで目が痛くはならない筈なのだが、ピーマンの方が安全だと思ったのだろう。

ヤックがピーマンを担当するならと、悠利は慣れた手つきでタマネギを切っていく。サラダに使うようなスライスの時は覚悟が必要だが、野菜炒めレベルの大きさに切るなら問題はない。……タマネギが目に染みるのは、古今東西どこでも同じなのである。

具材を全て切り終えた頃にお湯が沸いたので、人数分のパスタを茹でる。パスタを茹でている間に、野菜を炒める作業だ。

「フライパンにオリーブオイルを引いて、ピーマンとタマネギを炒めるよ」

「ソーセージは？」

「火が通るのが速いから、野菜を先に炒める方が良いよ」

「解ったー」

慣れた手つきで野菜を炒める悠利。その手元を見つつ、ヤックはパスタを茹でる鍋を時々混ぜている。炒め物は火の通りにくいものから順番に入れることで、均一に火が入るのだ。

もしくは、先に炒めて一度外に出すという方法もある。海老(えび)などをさっと炒めて混ぜたい場合は、あらかじめ炒めておくと良い感じになる。最後の味付けの時に戻せば、火が通り過ぎることもないので。

野菜に火が通ってきたら、ソーセージも加えてもうしばらく炒める。全体にしっかりと火が通ったら、軽く塩胡椒(しおこしょう)をしてケチャップを投入する。ここにパスタを入れて混ぜるので、少ししっかりめに味付けするのがポイントだ。

「ケチャップを混ぜるときは、弱火か火を消してやる方が良いよ。焦げちゃうから」

「焦げるのは嫌だ……」

「ケチャップが全体に浸透したら火を止めて、味見ー」

「味見ー！」

味見は料理当番の特権とも言えるものなので、ヤックもうきうきで小皿を持ってくる。一口分ずつケチャップ味の野菜炒め状態の具材を取り分け、口の中へ入れる。

ピーマンもタマネギも火が通ってほどよく軟らかくなっており、ソーセージがアクセントを加える。味の基本はケチャップだが、下味として塩胡椒が振ってあることで安心感があった。

「うん、美味しい」

「美味しい」

「本当は、すりおろしたニンニクを入れるとぐっと美味しくなるんだけど」

「だけど？」

美味しいなら入れれば良いのにと言いたげなヤックに、悠利はひょいと肩を竦めた。ニンニクは美味しいが、致命的な欠点が存在する食材である。欠点というと失礼かも知れないが。

「匂いが……」

「あ……」

「明日が休みならともかく、皆は普通に出掛けるでしょ」

「あー……」

「どうしても匂いがしちゃうからさぁ、ニンニクって……」

「じゃあ、今度休みの前の日にニンニク入りで作って……」

「善処します……」

しょんぼりと肩を落とすヤックに、悠利は目を逸らしながら答えた。基本的に美味しいを追求したい彼らだが、何だかんだで人と接触する以上、相手を不快にさせるようなことは避けたいのである。人付き合いは気遣いが大事です。

そうこうしている間にパスタが茹で上がったので、ヤックはいそいそと作業を進める。ちなみに、麺を茹でた後に鍋のお湯を捨てる作業を、悠利はあまりやらない。眼鏡が曇るからだ。手元が危なくなる悠利より、他の面々が担当した方が安全だという判断である。眼鏡族あるあるだ。

湯切りをしたパスタはしっかりと水を切り、フライパンの中へ。ケチャップで味付けをした野菜炒めと絡めることで、味が絡むのだ。

「最後にちょっと火を入れて全体を混ぜ合わせれば、完成ー」

「美味しそう」

「ヤック、落ち着いて」

「だって、匂いが美味しそうなんだよ……！」

「まぁ、気持ちは解るけど……」

最後に火を入れたことで、香ばしいケチャップの匂いが鼻腔をくすぐるのだ。匂いだけで美味しいだろうと思わせてくるケチャップパワー、流石である。

味見だけだからねと告げて、悠利は一口分のナポリタンを小皿に入れる。自分も一口分だけ味見だ。ここで味が薄かったら、ケチャップを追加しなければならないので。

しっかりとケチャップの絡んだパスタが実に美味しい。ケチャップの酸味と甘味が、何とも言えず食欲をそそる。ちゃんと美味しく仕上がっていたので、悠利は満足そうに笑った。

「それじゃ、盛りつけてご飯の準備にしようか」

「了解！　後、これ凄く美味しいからお代わりしたい」

「盛りつけて残った分は、カミールと相談してお代わりしてください」

「やったー！」

少し多めに準備されたナポリタンを見てのヤックの発言である。食べる前からお代わりを要求する辺り、よほど気に入ったらしい。まぁ、食べたいと願っていた料理がお気に召したようなので、悠利としても一安心なのだが。

器にナポリタンを盛りつけ、乾燥バジルを散らす。鮮やかなケチャップ色の上に緑が散って、とても綺麗だ。火の通ったピーマンの緑も映える。

てきぱきとスープとサラダも準備し、デザートの果物まで盛りつけた頃合いで、カミールとティファーナがやってきた。時間バッチリである。

「二人とも、良いタイミングですね。準備が出来たところです」

「やりぃ！」

「あら、それは良かったわ」

にこやかに悠利が告げると、カミールはガッツポーズで喜ぶ。ティファーナは上品に微笑みつつ、大喜びしているカミールを不思議そうに見ていた。彼が何をそこまで喜んでいるのか、事情を知らない彼女には解らないのだ。

いそいそと席に着くカミールとヤック。早く食べようと言いたげなオーラが漂っていた。実に微笑ましいお子様二人の反応に、ティファーナは首を傾げる。

「今日のメニュー、二人のリクエストなんですよ」

「そういうことです」

「そういうことね」

悠利の説明に、ティファーナはふふふと笑った。色々と成長してきていると思っても、こういうところはまだまだ子供だった。そして、それがまた好ましいのだ。

「それじゃ、いただきます」

「「いただきます」」

仲良く唱和して食事に取りかかる。メニューはナポリタンとスープとサラダとデザートの果物。実にシンプルだ。ただ、ナポリタンは具材たっぷりなのでボリューム満点。お代わりも一応用意されている。

ヤックとカミールは、念願のナポリタンを早速頬張っている。もごもごと口を動かす姿は、どことなく頬袋に餌を詰めこんだリスに似ていた。勢いよく食べているせいで、口元がケチャップで汚れているのもご愛敬だ。

そんな二人の姿に笑みを浮かべつつ、悠利とティファーナも食事に取りかかる。こちらは慌てず騒がず、落ち着いて食事をしている。悠利にしてみれば何度も食べたことのあるナポリタンだし、ティファーナはそこまでナポリタンに欲求はなかったので。

　上品にナポリタンを一口食べたティファーナは、あらと上品に呟(つぶや)いた。

「ティファーナさん？」

「ケチャップ味のパスタって、こんなに美味しいんですね、ユーリ」

「お口に合いました？」

「えぇ、とても」

「それなら良かったです」

　ティファーナの返答に、悠利はにこにこと笑った。作った料理を美味しいと言ってもらえることが、悠利には何よりの喜びだ。

　それに、自分で言うのも何だが、今日のナポリタンは結構美味しく作れたと思っているのだ。味の決め手はやはり、美味しいケチャップだろうか。異世界のケチャップは、ある人物がトマトが大好きすぎて様々な加工品を作ったものらしく、日々改良が重ねられているらしい。何でも専門の研究機関があるとか。トマト博士の情熱が凄い。

　日本でもケチャップを始めとする調味料は、千差万別だった。同じ種類の調味料でも、メーカーが違うだけで味が変わる。甘味が強いものもあれば、酸味が強いものもある。そういう意味では、《真紅の山猫(スカーレット・リンクス)》で使っているケチャップは、ナポリタンに適した味だったのかも知れない。

　パスタと具材を一緒に口の中に放り込めば、それぞれの食感が互いに引き立て合う。タマネギの甘味とソーセージの旨味に、ピーマンの苦みが良いアクセントだ。それらを全て包み込んでパスタと調和させるケチャップの美味しさが、完璧とも言える。

ケチャップ味ということで子供向けと思われがちだが、別にそんなことはない。シンプルな味付けだが、不思議と奇妙な懐かしさで悠利を満足させる。トマトソースのパスタとも、ミートソースのパスタとも違う、ケチャップだから出せる味わいだった。

「これを、カミールとヤックは食べたかったんですか？」

「前に、この味付けの野菜炒めを作ったことがあるんです。そのときにパスタの話をしたら、食べたいって言われてまして」

「……えーっと、それはつまり」

「予定が合わずに作れないままだったので、期待が募っちゃったみたいです」

「そういうことですか」

美味しい美味しいと言いながら勢いよく食べている二人の姿。悠利の説明で、彼らが何故そこまでナポリタンに興奮しているのかを理解したティファーナだった。お預けが長かった弊害である。

ぺろりと一人前を平らげると、スープとサラダもきちんと食べてから、二人はいそいそとお代わりをしようと台所へと移動する。そこで喧嘩もせずに、二人で仲良く半分こをする辺りが、彼らだった。実に平和だ。

「ユーリとティファーナさんはお代わりって」

「いらない、いらない。僕のお腹はこれで十分です」

「私も大丈夫ですよ。二人で食べてくださいね」

「「はい！」」

とても良いお返事だった。ここまで大喜びしてもらえると、作った悠利としても感無量だ。お代わりできっちり全部さらってきたらしく、二人はとても嬉しそうに笑っている。

「そういえば、これは具材は他のものでも大丈夫なんですか？」

「何となくこのイメージだったのでこうしましたが、家で作って食べるなら好きな具材で良いと思います」

「人参も美味しそうだと思いませんか？」

「そうですね。人参も美味しいと思います。後、ソーセージの代わりに厚切りベーコンとかも」

「あら、それは肉食の皆が喜びそうですね」

悠利の発言に、ティファーナはころころと笑った。彼女はそこまで肉に反応しないが、仲間達に肉食が多いことをよく解っていた。ソーセージも美味しいが、厚切りベーコンのジューシーさもまた格別である。

そこでふと、悠利は思いだしたことを口にした。雑談のつもりで。

「そういえば、上に目玉焼きが載ってるのもあるんですよね。お店でそういう風に提供してるところがあったんですけど」

「目玉焼き、ですか？」

「半熟の目玉焼きだと、黄身がとろっと絡んで美味しいらしいです」

「色々とアレンジがあるんですね」

「ですねー」

卵とケチャップの相性は良いので、目玉焼きを載せても美味しいだろうというのは想像に容易い。そういうのもあるんですよと口にしただけの悠利であり、雑談として受け止めているティファーナである。

違う反応をしたのは、少年二人だった。

「何それ、オイラ聞いてない」

「どう考えても滅茶苦茶美味いやつじゃん」

「……え？」

「「何で教えてくれなかったんだよ‼」」

「ふ、二人とも、お、落ち着いて……」

表情の消えた真顔で呟いたかと思ったら、二人揃って大絶叫。今食べている美味しいナポリタンが、更に美味しくなる可能性があると知った彼らの切実な叫びだった。切実なのは解ったが、近くで大声で叫ばないでほしい悠利である。普通に耳が痛い。

何で何でと訴えられて、悠利は困る。彼らの希望通りにナポリタンはちゃんと作ったのだ。目玉焼きが載っているのはアレンジバージョンである。そこで文句を言われても困る。後、今まで忘れていたので。

しかし、それを言っても二人が収まらないことは一目瞭然。仕方ないので悠利は、困ったように笑いながらこう告げた。

「それじゃあ、今度は半熟目玉焼きの載ったナポリタンにしようか」

「本当⁉」

「マジで⁉」

「二人とティファーナさんが美味しいって言ってくれたから、他の人も気に入ってくれるかもしれないしね。また作るよ、ナポリタン」

「「やったー‼」」

自分達の希望が叶うかも知れないということで、二人は満面の笑みになった。やったな、と喜び合う姿は微笑ましい。ティファーナも思わず笑みを浮かべている。

しかし、喜んでいたカミールはすぐに真顔になって口を開いた。

「また期間が空くとかないよな？」

「……カミール、地味に根に持ってたんだね」

「だって、ユーリの料理はいつも美味しいけど、でも、目玉焼き載ったナポリタン、食べたいんだよ……！」

「今度はこんなに間が空かないようにするから……」

「絶対だぞ？」

「はい……」

前科持ちなので、悠利は大人しく頷いた。ナポリタンへの情熱、恐るべし。そんなに思いっきり食べたくなるような料理かなぁ？　と思ったが、それは言わない悠利だった。

なお、二人がナポリタンの美味しさを主張しまくったので、皆からリクエストが上がったこともあり、目玉焼き載せナポリタンは数日後に提供されるのでした。

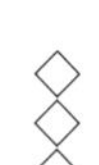

《真紅の山猫》に身を寄せる面々は、皆、それぞれの理由を持っている。

ここは初心者冒険者をトレジャーハンターに育成するのがメインのクランだが、見習い組も訓練生も指導係も、理由があるからここにいるのは同じだ。ただ強くなることだけが目当てではない場合が多い。ここで教えているのが、単純な戦闘技術だけではないのも理由だろう。

「私がここにいる理由～？」

「はい。その、マリアさんって今でも十分普通に強くて、習うこととかないんじゃないかなーと思ったので」

不思議そうに首を傾げるマリアに、悠利は思ったことを正直に伝えた。訓練生の中でもマリアは戦闘能力に長けていて、それを生かして様々な依頼を受けている。以前もソロ冒険者として活動していたという彼女なので、何で《真紅の山猫》にいるのか気になったのだ。

それというのも、同じように戦闘能力だけなら問題なさそうなレレイと比べても、彼女は色々と完成しているように見えた。ただ戦えるだけではなく、探索に必要な知識もあらかじめそれなりに身につけていたそうなので。

　そんな悠利の疑問に、マリアはころころと笑った。そうやって笑うと、妖艶な美貌が強調される。セクシーな衣装が似合う妖艶美人のお姉様は、今日も外見だけならば目の保養にぴったりだ。中身を考えると、ただの愛すべき外見詐欺だが。

「褒めてくれてありがとう。確かに、ソロで活動していたから一通りは出来るわよ～。でもね、きちんと習ったことはなかったから、ここに来たの」

「でもマリアさん、出来ないことってあんまりなさそうなんですけど」

「私はね、ずーっと一人でも大丈夫なように、学びに来たのよ」

「へ？」

　きょとんとする悠利に、マリアは笑顔のままだ。彼女の言い分がよく分からずに首を傾げるのは、悠利だけではない。一緒に話を聞いていた訓練生達も首を傾げている。

　その中で只一人、ヤクモだけが何かを理解したかのように頷いていた。訓練生という枠に入っているものの、実際は何一つ訓練を受けていない客分扱いのヤクモなので、悠利達とは違う何かが見えたのだろう。

「自分の性質はよく解ってるもの。パーティーを組むのは難しそうだから、一人で全部ちゃんと出来るようになろうと思ったのよぉ」

「……あー、なるほどー」

「合同依頼とかで協力するのは大丈夫だと思うんだけど、常日頃はちょっと難しいのよね～」

楽しげに笑うマリアだが、言っている内容は割とえげつなかった。彼女はこう言っているも同然なのだ。同行者の身の安全に気を配れない、と。

マリアは、ヴァンパイアの血を引くダンピールという種族だ。見た目こそ人間と変わらないが、ほっそりしていながら怪力だし、種族特性の一つである戦闘本能を色濃く受け継いでしまっている。職業（ジョブ）が狂戦士な段階で色々と察してほしい。

普段は普通に会話が通じるが、戦闘中に頭に血が上ったら味方の話だろうが聞こえなくなる。目の前にいる敵を倒すことしか考えられなくなる戦闘バカのような人だ。しかも、種族特性にプラスしてきっちり鍛錬を重ねている彼女の戦闘能力は、かなり高い。

つまるところ、いつ爆発するか解らない爆弾みたいなお姉さんなのである。

マリアがソロで活動していたのも、それが原因だ。初期はパーティーを組んでいたが、味方の声が聞こえないほどに暴れるようでは、敬遠される。一応、話し合いの末に穏便に解散しているので、彼女が冒険者ギルドでブラックリストに載っているとかではない。

「マリアさん、あたしと違って人の話聞こえなくなっちゃいますもんねー」

両手で頬を挟むようにしながらレレイが呟く。こちらも、《真紅の山猫》を代表する武闘派女子だが、人の話は聞こえている。声が聞こえないわけではない。ただちょっと、脳筋なだけで。

そして、そんなレレイとマリアは仲良しだった。なので、マリアはレレイの発言に気分を害した風もなく、困ったように口元に手を当てて口を開く。

「そうなのよねぇ〜。一応、多少は気を付けようとは思ってるんだけどぉ、強敵との戦いで血湧き肉躍る！　みたいになっちゃうと、ついねぇ～」

「強い相手と戦うときはそっちに集中しちゃうのは解りますけどね！」

「そうよね～」

「そこの物騒女子は意気投合しないでくれ」

放っておいたら延々と続きそうな女子二人の会話に待ったをかけたのは、ラジだった。虎獣人の青年は、この物騒なお嬢さん達相手に生身でやり合えるだけの能力を持った貴重な人材だ。ただ、ハイテンションで突っ走るところのある二人に比べて、どこまでも常識人なのが憐れと言えよう。

ラジのツッコミに、レレイは「何でー？」と不思議そうに首を傾げ、マリアは「相変わらず頭が固いわねぇ～」とからかうように笑っている。つまるところ、どちらも全然気にしていなかった。

ラジ、頑張れ。

「マリアさんは声が聞こえなくなるから論外として、お前も大概だぞ。聞こえてるのに理解せずに突っ走るのどうにかしろ」

「えー、ちゃんと聞いてるよー！　もうちょっと解りやすく言ってくれたら良いのにー！」

「俺はこの上なく簡潔な声かけをしてるわ！　お前が中途半端に聞き流すだけで！」

コンビを組むことが多いクーレッシュの小言に、レレイは唇を尖らせて反論する。彼女は彼女なりにちゃんとやっているつもりだった。クーレッシュから見れば全然なのだけれど。

「というか多分、クーレの声かけよりレレイが動く方が早いんだよな……。反射神経の差で」

「……言うな、ラジ……」

　そんな二人のすれ違いの理由を、ラジが的確に告げた。あまりにも的確だったので、クーレッシュはちょっとしょげている。猫獣人の血を引くレレイを相手にして、ただの人間のクーレッシュに反射神経で勝てというのは酷な話である。

「とりあえず、マリアさんは今後も安全にソロで冒険者を続ける為に、ここで色々と学んでるってことなんですね」

「そうね～。ソロだと限界かしらって思った頃に、ギルマスにここを紹介してもらったのよ」

「ギルマスからの紹介組、多くないです？」

「そうでもしないと、なかなか入れないのよ、ここ」

「そうなんですか？」

「そうなのよ～」

　アリーに拾われた組であるところの悠利は、不思議そうに首を傾げた。ちなみに、《真紅の山猫》に所属する経緯は、マリアのようなギルマス紹介組、親などの伝手組、指導係に見出された組に分類される。悠利やヘルミーネは最後の組に入る。

　それというのも、《真紅の山猫》は際限なく人を受け入れられるようなクランではないからだ。ここは様々な基礎知識を教えるクランであり、無意味に人数だけを増やしたところで活動の邪魔になるだけである。

　まぁ、一定水準に達したら卒業していくので、メンバーは定期的に入れ替わるのだが。加入から卒業までの時間は、個人差がある。それぞれの適性を見極めてきっちり育ててくれるので、高評価のクランでもある。

「そういえば、ラジは何でここにいるの？　冒険者を目指してるわけじゃないんだよね？」

「……僕？」

「うん。武術の鍛錬なら、実家でも出来そうだなーって思ったんだけど」

「武術の鍛錬だけならな」

　悠利の言葉を、ラジは否定しなかった。一族単位で集落を形成し、護衛を稼業としているラジだ。故郷でもそれらに関係する修練は問題なく積める。その彼が、わざわざ故郷を出て《真紅の山猫》に所属している理由が、悠利にはちょっと解らなかったのだ。

　同感だったのか、レレイとクーレッシュも興味深そうにラジを見ている。マリアもだ。同年代故の遠慮の無さがそこにあった。期待に顔を輝かせる仲間達に、ラジは面倒そうな顔をしながらも口を開く。

　この場合、沈黙を守っても何も良いことは無いと彼は知っているのだ。知りたがり！　の仲間達は、大変しつこいので。

「皆も知っての通り、僕は血が苦手だ。それは戦闘職としては致命的だと、親にも言われた。だから、少しでも知識を付ける為にここに来たんだ」

「護衛やるのに、冒険者の知識っているの？」

　素朴な疑問を口にしたのは、レレイだ。ラジが護衛という仕事をするのならば、何もここで学ぶ必要はないのでは？　と皆が思ったのだ。そんな仲間達に、ラジは肩を竦めた。

「護衛対象が外に出るなら、冒険者の知識は十分に役立つさ。戦闘面で多少不安が残っても、他の部分で補えるならそれも武器になるだろうって話だな」

「ラジのご両親は、ラジのことが大切なんだねぇ」

「……ユーリ？」

笑顔で悠利が告げた言葉に、ラジは首を傾げた。他の面々も首を傾げている。悠利の発言を疑問に思っていないのはヤクモだけのようだが、落ち着いた大人は特に口を挟んでこなかった。

ラジに自分の考えが通じていないのを理解した悠利は、のんびりとしたいつも通りの口調で言葉を続けた。

「ラジのご両親はきっと、ラジに沢山の可能性をあげようと思ったんじゃないかな。ラジは真面目だし、お家の仕事を手伝うつもりでいるだろうけど、血を見るのは苦手でしょ？」

「……あぁ。戦闘自体は別に、嫌いじゃないんだけどな」

「だから、そんなラジでも仕事がしやすいように、分野外の知識を学ばせようと思ったんじゃないかって僕は思ったんだけど」

「……父さんと母さんがそんなことを……？」

「あくまでも、僕が思っただけなんだけどね」

笑う悠利に、ラジは困惑を隠せなかった。力を身につけるようにと言われて《真紅の山猫》に身を寄せたラジだ。あくまでも役に立つ人材になるように修行してこいという意味だと思っていた彼にとって、悠利の視点は考えつきもしないものだったらしい。

勿論、あくまでも悠利がそう感じたというだけで、確証はない。ラジの両親が何を意図して息子を《真紅の山猫》に向かわせたかは、当人に聞かない限り解らないだろう。だからこれは、あくまでも可能性の一つだ。

「親というのは、子に対して出来ることは全てしてやりたくなるものであろうよ」

「ヤクモさん」

「まぁ、我は親ではない故、お主の親御が何を思ったかは解らぬが……。ただ、年長者として言わせてもらうならば、若者の道行きに幾ばくかの可能性を示してやりたいという気持ちは、解らなくもない」

「ヤクモさん、もうちょい解りやすくお願いします！」

「「レレイ……」」

穏やかに微笑んでヤクモが告げた言葉に、レレイは手を上げて元気な声で物申した。満面の笑みで言っているので、当人に悪気も他意もないことは誰の目にも明らかだ。しいていうなら、レレイがちょっとポンコツだと再確認するだけで。

水を差される形になったヤクモは、特に怒らなかった。ふむ、と小さく呟いた後に、レレイの方を見て口を開く。優しい声だった。

「大人は子供の手助けをしてやりたいと思うもの、というところか」

「なるほど！　いつも指導係の皆さんがあたし達に色々教えてくれたり、手伝ってくれたりするみたいなことですね！」

「うむ、そのような感じであるな。親であるなら、それがより顕著であろうという話だ」

「よく解りました。ありがとうございます！」

にぱっと笑顔でお礼を言うレレイ。今日も彼女は素直で元気だった。……ヤクモの口調は少々独特で、言い回しもちょっとばかり小難しいので、レレイには理解しにくかったらしい。彼女は単純明快を好むので。

そんな二人のやりとりを横目に、ラジは物思いにふけっていた。単純に強くなるようにという意図だけだと思っていたのに、そこに両親の優しさがあるかもしれないと気付かされたからだ。むしろ、今まで何で気付かなかったんだろうと言いたげな顔をしている。

「ラージ」

「……何だ、マリア」

「そんな難しい顔をしなくても、子供なんてそんなものよ〜」

「え？」

「親がアレコレ気を回して考えてることなんて、渦中にいる子供には解らないものよ。だから、そこまで真剣に悩まなくても大丈夫」

「マリア……」

うふふと妖艶に微笑むマリアに、ラジはぱちくりと瞬(まばた)きを繰り返した。普段の言動は情緒とはほど遠い武闘派女子が、今日は随分と優しい。明日は大雨だろうかと失礼なことを考えたラジだった。

しかし、その考えはすぐに吹き飛んだ。満面の笑みでマリアが告げた一言で。

「と、いうわけだから、くだらないことを考えてないで身体を動かしましょう？」

「結局お前はそれか‼」

「だってレレイとの手合わせは禁止されてるんだもの～。ほらほら、そろそろ鍛錬に戻っても良い頃合いでしょ？　ね？」

「断る！」

血の気の多い狂戦士のお姉さんは、自分と対等に鍛錬が出来る相手としてラジがお気に入りだった。レレイとも仲良しなのだが、彼女達二人が手合わせをするときは、アリーかブルックが見張りに付かなければ許されない。器物破損的な意味で。

ちょっとだけよぉ～とセクシーな仕草と声音で迫るマリアを、ラジは本気で迎撃しようとしていた。彼は鍛錬が嫌いなわけではないが、際限なく襲いかかってくるマリアの相手は好きではないのだ。鍛錬というよりもはやエンドレスバトルになるので。

いつも通りのやりとりを始める二人を見て、クーレッシュがぼそりと呟いた。

「レレイ、交ざろうとか思うなよ」

「へ？　交ざらないよ？」

「本当だな？」

「うん。だってあたし、この後ヘルミーネ達と買い物行く予定だもん」

「……そうか。予定が入ってたのか……」

それなら良かったと、胸をなで下ろすクーレッシュ。マリアとラジの二人で騒いでいるぐらいならば、許容範囲だ。そこにレレイまで加わったら、騒々しさが大変なことになるので。

しんみりとした話をしていた筈が、一瞬でいつもの騒々しさに取って代わられる。相変わらずだなぁと悠利が呟くのに、クーレッシュとヤクモは無言で頷いて同意した。

「皆、やっぱり色んな理由でここに来るんだね」

「まぁ、冒険者としての基礎、トレジャーハンターに必要な知識を学ぶって名目だけど、普通に考えてウチで習える知識とか技術って、汎用性が高いからな」

「そうなの？」

「おう。普通は自分の職業とかパーティー内での担当に合わせてアレコレ覚えるのを、一通り全部やるからな。何でも出来るってのは強いぞ」

「なるほど」

クーレッシュの説明に、悠利はふむふむと頷いた。悠利自身は、座学の授業に時々交ざるぐらいなので、彼らが何を学んでいるのかはよく知らないのだ。けれど、こういう風に説明してもらうと、なるほどなぁと思うのだった。

実際、植物や鉱物の知識も、マッピングの技術も、知っていて損はない。損はないが、大抵はそれぞれに特化した仲間が担当するという感じでパーティーを組んでいるものだ。役割分担をしてこそのパーティーとも言えるので。

卒業生達も、パーティー内ではそれぞれの役割を果たしている。ただ、普通と違うのは、彼らが役割外の知識や技術も一定水準で保有しているということだろう。その強みが理解出来るのはきっと、ここを巣立って冒険者として独り立ちしてからだろうが。

「それじゃあ、レレイも座学頑張らないとダメだね」

「……うっ」

「マリアさんとかラジは、座学平気なんだよね？」

「レレイだけだな」

「レレイ、頑張らないとバルロイさんに近付くよ」

「それはヤダ！」

「「じゃあ頑張れ」」

「二人でハモって言わなくても良いじゃん！」

両サイドからぽんぽんとレレイの肩を叩いて、悠利とクーレッシュは異口同音に告げた。

卒業生である狼獣人のバルロイは愛すべきお兄ちゃんだが、典型的な脳筋だった。その彼の背中を全力で追いかけているようなレレイなので、彼らのツッコミも仕方ないのだ。当人はあそこまでじゃないもんと言っているが、大変怪しい。

三人でわちゃわちゃ騒いでいる悠利達と、相変わらず問答を繰り広げているマリアとラジ。賑やかな二組を見ながら、ヤクモはカップの中のお茶を飲んだ。

「まったく、ここにいると飽きぬなぁ……」

大人である彼にしてみれば、若者達の騒々しさは微笑ましいものらしい。のんびりと騒ぐ少年少女を眺めるヤクモの表情は、いつも通りの優しい笑顔だった。

それぞれに事情はありますが、一緒に頑張る仲間だということだけは、皆に共通することなのでした。

閑話一　今日のおやつは色んなお味のチーズトーストです

「今日のおやつはチーズトーストなので、自分の好きな味付けを教えてください」

　にっこり笑顔で悠利が告げた言葉に、食堂に足を運んだ一同は目を点にした。おやつの時間だと思ってやってきたら、思ってもいないことを言われたので、誰も反応が出来ないのだ。

　チーズトースト？　と誰かが呟いた。それってご飯じゃないのかと言いたげである。しかし、悠利はにこにこ笑顔でおやつですと言いきった。まぁ、別におやつに食べても問題はないのだ。

　皆が虚を突かれたのは、悠利が口にした「好きな味付け」という部分である。チーズトーストはチーズを載せたトーストである筈だし、それ以外にどんな味があるのだと言いたげだ。

　そんな仲間達の様子から説明が足りなかったことに気付いた悠利は、慌てたように口を開いた。実家では今ので通じていたので、説明不足だと思わなかったのだ。

「パンに何を塗るかや、チーズの上に何かをかけるかで味が変わるので、そこを聞きたくて……」

「はいはーい！　何があるの？」

「……ヘルミーネ、顔が近いよ」

「だって、そこに並んでるの、蜂蜜（はちみつ）やジャムよね？　チーズトーストなのに？」

「説明するから、落ち着いて……」

テーブルを挟んで向かい合っていた筈なのに、身を乗り出してくるヘルミーネに悠利は冷静にツッコミを入れた。可憐な美少女は、甘い物の気配を察知してぐいぐい来ていた。相変わらずだなぁと思いながら、悠利は彼女の肩をそっと押す。あまりにも近すぎて話がしにくいのだ。

ぷぅと頬を膨らませつつ、大人しく引き下がるヘルミーネ。ここで駄々をこねても良いことがないのは、彼女にも解っているのだろう。その代わり、早く説明してと言いたげな視線が悠利に向けられていた。

……《真紅の山猫》の面々は、食べ物が絡むと大人げなくなる人が多いのだ。食い意地が張っているというか、食べるのが好きというか、そんな面々が集まっているのかもしれない。

尤も、原因の一端は悠利にもあった。悠利が身を寄せてからこちら、《真紅の山猫》の食事周りはアップグレードされまくりなのだ。基本的に皆、悠利に胃袋を掴まれていた。当人にそのつもりはなかったとしても。

「まず、チーズを載せる前にパンに塗るものが三種類です。バター、マヨネーズ、ケチャップになります」

「絶対に塗らないとダメなの？」

「ノリの代わりに何か塗らないと、チーズが剥がれちゃうんだよね。だから、何かを塗るのをオススメします。パンと一緒に食べる方が美味しいでしょ？」

「なるほど……」

首を傾げて問いかけたヤックに、悠利は解りやすく説明した。その説明を聞いた一同は、なるほどと頷いている。バターもマヨネーズもケチャップもチーズに合うのは解っているので、どれにするか真剣に悩む一同だった。

しかし、自分の好みはどれかを考えるのは楽しい。シンプルにバターも美味しいし、酸味をきかせたマヨネーズも捨てがたい。ケチャップは甘味と酸味がチーズのまろやかさと絡み合って絶妙だ。うんうんと唸る皆に、悠利は思わず笑った。

そもそも、まずと言ったとおり、これは説明の一段階だ。もう一段階あるので、考え込んでいる皆の意識を戻すようにパンパンと手を叩いてから、悠利は口を開いた。

「次に、チーズの上にかけるものを選んでもらいます。これでかなり味が変わるので、自分好みなのを選んでくださいね」

「……用意してあるものが、随分と極端だな」

「リヒトさん、今物凄く言葉を選びませんでした？」

「……気のせいだ」

「そこまで警戒しないでくださいよ～。どれも普通に美味しいですから」

思わずという風にこぼれたリヒトの発言に、悠利はカラカラと笑った。確かに、慣れない人には変に見えるかも知れないが、一応全部美味しくなるのは解っているのだ。家族が食べていたので。

勿論、好みは千差万別。美味しくないと感じる人もいるだろう。だからこその、自分で選んでください、なのである。断じて手抜きではない。

「端から順に、胡椒、乾燥バジル、蜂蜜、アプリコットジャム、オレンジマーマレードになってます。焼き上がったチーズトーストにお好みでトッピングしてください」

「はいはいはい！　私、蜂蜜！　美味しそうだから！」

「ヘルミーネ、落ち着いてー。パンの厚さを選んでから、バターとかを塗って、チーズ載せて、オーブンで焼いてからかけるものだからー」

「じゃあ、パン切って！　あんまり分厚くなくて良いから！」

「はいはい」

ぱぁっと顔を輝かせたヘルミーネの勢いを適当にいなしながら、悠利は食パンを切る準備に取りかかる。他の面々は、何にしようか迷っているようだった。まぁ、悩んでもチーズトーストは逃げないので問題ないです。

ヘルミーネに言われた通り、普段のトーストぐらいに食パンを切る悠利。はいどうぞと渡された羽根人の美少女は、嬉々としてバターを塗り始めた。ちなみにバターは塗りやすいようにあらかじめ常温にしてある。冷蔵庫から出したばかりのバターは、塗るのが大変なのだ。

パンを切るのが悠利の仕事で、その後にどんなチーズトーストにするかは個人で行うのだと理解した一同は、そっと悠利の前に列を作った。自分の好きな厚みにパンを切ってもらえるのもポイントが高かったらしい。

「ユーリ、あたし、いつもより分厚いのが食べたいな！」

「別に構わないけど、あんまり分厚くすると味が染みこまないよ？」

「そこまで分厚くなくて良いんだけど、いつもよりもうちょっとだけ分厚いと、豪華じゃない？」

「なるほど？」

にこにこ笑顔で告げてくるレレイの言い分に、悠利はとりあえず頷いた。頷いたけど、あんまり解らなかった。分厚くて豪華になるのは、ハニトーと呼ばれる塊のときとか、中身をくり抜いてシチューやグラタンが入っているときじゃないんだろうかと思ったのだ。でも、それを言わない程度に空気は読んだ。

もといい、そんなことをうっかり口走ったら、皆が食いつくのが解っているからだ。特にハニトー。おやつの時間なので、間違いなくヘルミーネが食いついてくる。

とりあえず、レレイの言い分に従ってトーストを気持ち厚めに切る悠利。イメージは、四枚切りサイズだ。これが、悠利の中ではトーストで食べて美味しい限界値である。

ちなみに、普段のトーストの厚みは五枚切りか六枚切りか、という感じである。それを思えば、四枚切りはかなりの厚みになる。これで肉食女子が満足するだろうかと思いつつ、悠利は四枚切りぐらいに切ったパンを渡した。

「はい、どうぞ」

「ありがとう！　わーい、大きいパンー！　何塗ろうかなー！」

どうやらお眼鏡に適ったらしく、レレイはうきうきでパンを皿に載せて移動していった。四枚切りのトーストはかなり食べ応えがあるのだが、レレイの胃袋ならば問題ないだろう。多分、きっと、お代わりもする。それでも夕飯に支障はないだろうと思わせるだけの、大食いさんなのである。彼女の胃袋は実に大きかった。

並んでいる面々は、食べ慣れた五枚から六枚切りぐらいの厚さを所望してきた。多分そんな感じだろうなと思っていた悠利は、本人の目の前で微調整をしながら食パンを切っていく。地味に面倒くさい作業だが、美味しく食べてもらいたいので気にしない。

せっせと皆の希望通りに食パンを切っていた悠利は、目の前に並んだ三人に首を傾げた。そこにいたのは、イレイシアとアロールとロイリスの三人だ。《真紅の山猫》内でも小食に分類される三名である。

「ん？　三人とも、どうかした？」

「あの、ユーリ……。わたくし達、チーズトーストを食べてしまうと、夕飯が食べられなくなりそうなのですけれど……」

「へ？」

「そりゃ、チーズトーストは美味しそうだし、アレンジが色々出来るのも気になるけどさ」

「チーズとパンとなると、僕達ちょっと、お腹が心配で……」

盛り上がってチーズトーストを作っている仲間達を見ながら、三人は困ったように伝えてきた。彼らの懸念は尤もだった。確かに、チーズトーストはお腹に溜まる。

しかし、悠利はケロリとしていた。彼らが考えるようなことは、悠利も理解している。なので、あっさりと解決策を口にした。

「パン、半分とか三分の一とかにしたら大丈夫じゃない？」

「「え？」」

「厚さもちょっと薄めにして、半分とかだったら食べられると思ったんだけど」

「えーっと、ユーリ？　それ、どういうこと？」

「だから、パンは今ここで僕が切ってるんだから、大きさは食べられる分量に調整すれば良いんじゃないかなって」

「「……ッ！」」

　あっけらかんとした悠利の発言に、三人は「その手があったか！」と言いたげに目を見開いていた。悠利に言わせれば、何で真面目に一枚丸ごと食べようと思ってたんだろう？　という話なのだが。そこまで考えが及ばなかったらしい。

　悠利の提案を聞いた三人は、それならといそいそとパンの大きさを指定する。厚みは全員六枚切りぐらい。それ以上薄くすると、チーズトーストとしての楽しみが感じられないかららしい。

　そして大きさは、イレイシアが三分の一。アロールとロイリスが半分に落ち着いた。今日は身体（からだ）を動かしてきたからというロイリスと、チーズの誘惑に抗えなかったアロールである。アロールがチーズの誘惑に負けたのは理解出来たが、それを口にしない三人だった。十歳児はお年頃なので、余計なことを言ってはいけない。

　彼らが最後だったので、悠利も自分の分のパンを切る。夕飯が食べられるかどうかを考慮して、厚みは六枚切りぐらいにしておいた。チーズはボリュームがあるので。

　仲間達は思い思いにチーズトーストを製作し、オーブンで焼き、美味しそうに食べている。良かった良かったと思いながら作業に取りかかる悠利は、ふと思い出したように口を開いた。

「お代わりの食パンはまだあるので、食べたい人は自分で好きな大きさに切って食べてくださーい」

「「はーい！」」

悠利の言葉に、とても元気なお返事がきた。どうやら、自分の好みで調整出来るチーズトーストは、皆に好評らしい。チーズトーストと一口で言っても、色々とアレンジが出来るので。

皆が喜んでくれているので悠利もご機嫌だった。ご機嫌のまま、自分のチーズトーストを作る。パンに塗るのはマヨネーズ。チーズを載せたら、オーブンへ。

しばらく待てば、チーズがとろりと溶けたチーズトーストの完成だ。熱々のそれを皿に取り出すと、胡椒を少しと乾燥バジルを散らす。蜂蜜やジャムをかけても美味しいのだが、今日はチーズを味わいたい気分だった悠利である。

「アレ？　ユーリは甘いの何もかけないの？」

「うん。今日はチーズ味の気分だったから」

「そっかー」

悠利が皿を持ってやって来たのに気付いたレレイは、不思議そうな顔をした。しかし、悠利の返答を聞いて納得したのか、それ以上は特に何も言ってこない。

そんな彼女のチーズトーストは、まだ殆ど手が付けられていなかった。……猫舌のレレイなので、熱々のチーズトーストはすぐには食べられないのだ。それが解っているので、仲間達も彼女が一番にオーブンを使えるように譲ってくれたのだ。優しい世界である。

チーズトーストが冷めるのを待っているレレイには悪いが、悠利はほどよく熱々のチーズトーストを食べたいので先に頂くことにする。たっぷりのチーズと温かいパンのコラボレーションは美味しいに決まっているのだ。

　両手に持ってかぶりつけば、サクリという音がする。歯に当たる食感はチーズの弾力と、パンの内側のふわふわとした優しさ。そして、カリッと焼かれた外側の香ばしさだ。良い音がしたのがその証拠だ。

　囓った状態で引っ張ると、チーズがみにょーんと伸びる。適当なところでパンを動かして上手にチーズを巻き取って、口の中のチーズトーストに集中する。マヨネーズの酸味とチーズの旨味が混ざり合って、パンと見事な調和を繰り広げていた。

　少量利かせた胡椒が良いアクセントだ。チーズそのものの味は濃いが、パンと一緒に食べることで丁度良いバランスに収まっている。風味付けの乾燥バジルが時折顔を覗かせて、悠利の舌を楽しませた。

　悠利はシンプルにチーズの味を楽しみたかったので、この組み合わせで満足している。今日はこの味付けの気分だったのだ。きっと、別の日に食べたならば、別の味付けを堪能するだろう。そんなものである。

「んー、熱々とろとろのチーズが美味しいなー」

「おっ、ユーリにしては大きいパンじゃん」

「せっかくなので、美味しいのを堪能しようかなって思って」

「夕飯食えるのか?」

「多分大丈夫」

チーズトースト片手にやってきたクーレッシュに声をかけられて、悠利はにこにこと笑って答えた。一応、自分のお腹の具合とは相談しているので問題ないのだ。その辺りを間違えるような悠利ではない。

クーレッシュのチーズトーストは、赤い色が見えていた。つまりは、ケチャップを塗ってきたのだろう。乾燥バジルもチーズの上に散っている。赤と黄色と緑の綺麗な彩りだった。

「クーレはケチャップ？」

「おう。ケチャップだと、ちょっと甘いだろ？」

「そうだね」

チーズと合うのは解っている食材で、更に甘さを加えてくれることでケチャップを選んだらしい。まだ熱々のチーズを意に介さず、クーレッシュはパンにかぶりつく。

とろりと伸びるチーズ、口の中に広がるケチャップの旨味。相性抜群の二つが、パンに包まれることでほどよい味付けとなって口の中に広がる。カリカリに焼けた耳の部分もまた、香ばしさが際立って大変良かった。

「やっぱり、焼きたてのチーズトーストは美味いよな」

「美味しいよねー」

「…………美味しそうだね」

「「……レレイ」」

笑顔で会話をするクーレッシュと悠利の耳に、しょんぼりとしたレレイの声が届いた。ちょっとだけ嚙って、まだ熱かったのか食べられないでいるのだ。

とはいえ、レレイも別に二人をズルいと批判したいわけではない。もうちょっと我慢したら食べられるかな？　と呟きながら、大人しく待っている。ただ、早く食べたいという気持ちがはやって、言葉が出ただけだ。

猫舌も大変だなぁと思いながら、二人は自分のチーズトーストをのんびりと食べる。レレイには悪いが、チーズは冷めるとあんまり美味しくないと思っている二人なのである。

他の面々も、それぞれ美味しそうにチーズトーストを食べている。ヘルミーネはたっぷりの蜂蜜をかけてご満悦だ。甘塩っぱいハニーチーズトーストの完成である。チーズと蜂蜜は結構合うのだ。

「チーズと蜂蜜がこんなに合うなんて、思わなかったわー！　美味しい」

「ヘルミーネさん、こちらのアプリコットジャムもとても美味しいですわ」

「え？　本当？」

「はい、宜しければ一口どうぞ」

「イレイス、ありがとう！　お礼にこっちも一口どうぞ」

「ありがとうございます」

蜂蜜でご満悦だったヘルミーネに、アプリコットジャムをかけていたイレイシアが声をかける。甘い物が好きなヘルミーネが気に入ると思ったのだろう。

イレイシアのパンは三分の一の大きさだが、一口が小さな彼女は味わうようにゆっくりと食べていた。なので、まだそれなりに食べる部分が残っている。ヘルミーネは大喜びでイレイシアの提案を受けた。

アプリコットジャムとチーズの相性は、ある意味で証明されている。チーズの天ぷらに添えられるのが、アプリコットジャムの場合が多いからだ。今回のチーズはカマンベールではないが、それでもチーズはチーズ。アプリコットジャムは見事な調和を見せていた。

早い話が、蜂蜜もアプリコットジャムも美味しいのである。甘いのと塩気のあるチーズの相性が意外に良いことに、皆は驚いていた。

「とっても美味しいわ」

「蜂蜜も美味しいですわね」

「ねー」

チーズトーストを分けっこする笑顔の美少女二人、プライスレス。実に目の保養になる光景だった。

そんな二人を横目に、アロールとロイリスは半分の大きさのチーズトーストを黙々と食べていた。アロールはバターにチーズ、乾燥バジルを少々という組み合わせだ。チーズ好きな彼女は、あくまでもチーズを楽しむチーズトーストを選んでいた。

ロイリスの方は、マヨネーズを塗ってチーズを載せ、オレンジマーマレードをかけている。オレンジの酸味と甘味が、チーズと調和して独特の味わいを引き出していた。また、とろりとしたチーズ、外はカリッと、中はふわっとしたパンにオレンジの皮の食感が加わって、アクセントとしてとても楽しい。

特に会話はしないが、お互いに美味しいと思って食べているので、時々目が合うと笑みを浮かべる二人。実に平和だった。ロイリスはアロールの神経を逆撫でしないし、アロールはロイリスを個人として認めているので。

賑やかなのは、やはりいつも通り見習い組達だった。あーでもない、こーでもないと、お互いのチーズトーストを見比べて騒ぎながら食べている。いつものことなので、誰も特に咎めなかった。

「カミール、それ、何か色が違う気がするの、オイラの気のせい？」

「んー？　あぁ、これ、ケチャップとマヨネーズを混ぜてみた」

「え？」

「オーロラソースだっけ？　混ぜたら美味いじゃん。だから、パンの上で混ぜてみたんだよなー」

「……流石カミール」

オイラ考えつかなかったよと呟くヤックに、カミールはカラカラと笑った。マヨネーズとケチャップを混ぜたオーロラソースは、蒸し野菜、卵料理、肉料理と、色々なものにかけて美味しい万能ソースだ。ケチャップもマヨネーズもチーズに合うならば、オーロラソースも合うに違いないというカミールの判断であった。

乾燥バジルを散らしたチーズと、オーロラソースが絡み合って何とも言えず美味しい。甘さと酸味が絶妙なハーモニーを奏で、とろりと溶けたチーズがそれを包み込むのだ。熱々のチーズトーストの美味しさを見事に引き出していた。

「蜂蜜、美味」

「確かに、蜂蜜かけるの美味いな」

「アレ？　二人、蜂蜜かけてなかったよね？」

「半分そのまま食って、途中で蜂蜜かけた」

「同じく」

「……あぁあああああ！　その手があったぁあああああ！」

それぞれ、バター派とマヨネーズ派の違いはあれど、マグとウルグスはシンプルにチーズを載せただけのチーズトーストを食べていた筈だった。それなのに、気付けば彼らは蜂蜜をかけた甘塩っぱいチーズトーストを堪能しているのだ。

種明かしをすれば簡単なことで、半分をそのまま食べて、周りの反応から美味しそうだと思って半分は蜂蜜をかけてみただけだった。別に途中で味変をしてはいけないと言われてはいないので。

どっちも食べたかった二人は、自分達で上手に調整して美味しいチーズトーストを堪能していた。二人の発言から、そういう方法があったのかと思い知ったヤックは、うなだれていた。彼のチーズトーストは綺麗に平らげられた後である。現実は無情だ。

「そんなに気になってんなら、お代わりすれば？」

「うー、お代わりすると、夕飯食べられるかオイラ心配で……」

「なら、三分の一とか」

「うぅ……」

「分割」

「「へ？」」

どうしようと唸っているヤックにカミールが色々と提案するが、どうにも踏ん切りが付かないらしい。そんなヤックの肩をぽんぽんと叩いて、マグが一言告げた。

ただし、いつものごとくどういう意味かはヤックにもカミールにも解らない。二人は流れるようにウルグスへと視線を向けた。ウルグスは彼らが何かを言うよりも先に、視線で全てを察して口を開いた。

「丁度四人だから、四分割してお代わりしようぜっていうお誘いだ」

「四分の一か……。それなら俺も入りそう」

「オイラも！」

「名案」

「「マグ、ナイス！」」

ふふんとちょっと偉そうな雰囲気を出したマグだが、ヤックとカミールは素直に褒めた。褒められてまんざらでもなかったのか、マグは皿の上にチーズトーストを残したまま立ち上がる。どうやら、パンを四分割する役目を引き受けてくれるらしい。

見習い組の中で手先が最も器用なのはマグだ。そして、妙に職人気質っぽいところがある彼は、きちんと分けるのが上手だった。同じ大きさに切るとかも、大変上手なのである。ヤックとカミールがマグに付いていくので、ウルグスも後を追った。何だかんだで見習い組は仲良しだ。

「何だ？　随分と賑やかだな」

「あ、アリーさん、ブルックさん、お帰りなさい。今日のおやつはチーズトーストなんですけど、二人も食べますか？」

お代わりをしたり、どの味付けが美味しいかで盛り上がっている仲間達の喧噪を不思議そうに見ながらやってきたのは、外出していたアリーとブルックだった。おやつの時間に間に合うか解らないと言っていたが、間に合ったらしい。

立ち上がり、二人に簡単に今日のおやつの説明をする悠利。自分で好きな大きさにパンを切り、好きな味付けでチーズトーストを作ると聞いて、彼らはなるほどと頷いた。皆が騒いでいるのが何となく解ったからだ。

パンを準備しようとする悠利にそれぐらい自分で出来ると言い、大人二人はチーズトーストを作りに向かう。その途中、ヘルミーネがブルックの姿に気付いて声を上げた。

「ブルックさん、蜂蜜とアプリコットジャム、物凄く美味しいです！」

「本当か？」

ヘルミーネの言葉を聞いたブルックは、一瞬で彼女の下へと移動した。物凄い瞬発力だったが、ヘルミーネは気にしていなかった。彼女は大切な情報を伝えることしか考えていない。

「本当です。チーズとの相性が完璧でした。どっちも美味しかったです」

「そうか。情報感謝する」

「どういたしまして」

甘党同盟は今日も継続中だった。ブルックはヘルミーネの味覚を信じている。彼女の甘味に対する好みは、ブルックのそれと大変よく似ているのだ。なので、ヘルミーネが美味しいと言った味付けは、ブルックの好みで間違いはなかった。

とりあえず、彼女の一言でブルックがチーズトーストを二枚食べるのは決定事項になった。蜂蜜とアプリコットジャムの二枚を堪能することだろう。彼の胃袋はその程度ではびくともしないので。甘味が絡むと若干ポンコツになる相棒の姿にアリーがため息を吐く姿が、妙に哀愁漂っているのだが、誰も気にしなかった。大事なのは美味しいを堪能することなので。

「ブルックさん、蜂蜜たっぷりかけそうだよねー」

「お前は控えめだったな」

「どんな味になるか解らなかったからねー。でも、甘塩っぱくて美味しいよ」

「自分で好きな味付けに出来るの、良いよな」

「チーズトースト、その日の気分で色々食べたくなっちゃうなーと思ってやってみたんだけど、皆が喜んでくれて良かった」

もぐもぐと蜂蜜をかけたチーズトーストを食べながら、レレイが呟く。彼女は蜂蜜をほどほどにかけているが、甘党のブルックは蜂蜜マシマシのチーズトーストを作るような気がしたのだ。まぁ、誰に迷惑をかけるわけでもないので、良いのだが。

トッピングも、チーズの量も、パンの厚さや大きさまでも自分の好みで調整出来るチーズトーストは、素敵なおやつになっていた。単純だが、自分好みというのはとても大事なのだ。

「ねー、ユーリ」

「何ー？」

「蜂蜜とオレンジマーマレード一緒にかけるとかしても、美味しいのかなぁ？」

「んー、どうだろう？　でも、その二つを混ぜても大丈夫だと思うから、気になるなら少しだけ試してみれば？」

「そうだね、そうする！」

　ぱぁっと顔を輝かせたレレイは、善は急げとばかりに立ち上がって去って行った。……皿の上にチーズトーストを残したまま。

「まだ残ってんのにお代わりの準備に入るのかよ、あいつ」

「まぁ、焼き上がってすぐ食べられないレレイだし」

「そこまで考えてるか、あいつ？」

「どうだろうー？」

　思い立ったが吉日という感じのレレイの行動だった。好意的に解釈するなら、お代わりの分を先に焼いておくことで、一枚目を食べ終わる頃に手頃な温度になるようにする、という行動にも見えなくもない。ただ、問題は、レレイがそこまで細かいことを考えているのか、という話である。

　まぁ、別にそれで先の分を残すわけではないので、良いかと思う二人だった。レレイはお残しをしない。何でも美味しく、綺麗（きれい）に、全部、きっちり、食べるのだ。大食い娘は食べ物を無駄にはしないのである。

「リーダーもブルックさんも、美味(うま)そうに食ってるな」
「甘いのが好きな人も、そうじゃない人も食べられるみたいで、良かった」
「おっ、リヒトさんがお代わりしてる」
「あ、本当だ」

分厚いチーズトーストを食べるアリーや、二枚のチーズトーストを真剣な顔で食べ比べているブルックの姿に、悠利は安心したように笑う。大人の口に合うかは解らないときがあるので。

そんな彼らの視界で、リヒトがお代わりのチーズトーストを作っていた。珍しい行動だ。どうやら、彼の口にもあったらしい。子供に交ざって大人がちょこちょこお代わりをする姿は、何とも言えず微笑(ほほえ)ましいものだった。

美味(おい)しいものの前では、大人も子供も関係ないのです。

お好みチーズトーストは仲間達に好評だったので、おやつの定期ラインナップに追加されることになりました。

第二章　護衛と美味しいご飯と騒動と

「それにしてもバルロイさん、お仕事は大丈夫なんですか？」

「んー？　大丈夫だぞー。今日は休みの日だからなー」

「それなら良いですけど……」

　満面の笑みを浮かべる大柄な狼獣人の彼を見て、悠利はちょっとだけ困ったような顔をした。理由は、半眼でバルロイを見据えているアルシェットの存在だ。今は同じパーティーで行動を共にしている卒業生コンビは、今日も二人一緒に《真紅の山猫(スカーレット・リンクス)》のアジトにやってきていた。

　今日も今日とて、手土産に美味しそうな肉や野菜を持ってきたバルロイだ。これで美味しいご飯を作ってくれ！　と屈託のない笑みを浮かべて告げる彼と、悠利に手間をかけさせて申し訳ないと頭を下げる女性（外見はハーフリング族なので人間の子供のようだが）という光景まで、いつも通りだった。

「ウチらは休みやけど、この子らは休みちゃうんやで。突然押しかけたら迷惑やて、何遍言うたら解るんや、アンタは」

「でもアル、そんなこと言ったら、全然遊びに来られないじゃないか」

「そもそも遊びに来る先ちゃうねん、ここは！　他の卒業生はそんな行動取ってへんわ！」

「でも俺は、皆に会いたいし、ユーリのご飯が食べたい！」

「後半が本音の八割やろうがぁあああ‼」

ブレない本音を躊躇うことなく口にしたバルロイの後頭部を、アルシェットが手にした槌でぶん殴った。しかし、小柄なハーフリング族のアルシェットの力は弱く、遠心力を利用していたところで頑丈な狼獣人のバルロイにはあまりダメージは入らない。

今も、痛いなぁとぼやきながら後頭部を撫でている。全然ダメージが入ったようには見えない。唇を尖らせて文句を言っている姿に、負傷した様子は見られなかった。

「アルはすぐ怒る」

「怒らせてんのは誰や思てんねん、お前」

「俺は別に、アルを怒らせようと思ってるわけじゃないのに」

「少しは頭を使え！」

「頭を使うのは苦手だなぁ……」

アルシェットのツッコミの数々に、バルロイはのほほんと答える。彼は完璧なる本能型の脳筋だった。本人がそれを自覚しているというオマケ付きだ。難しいことを考えるのは向いてないんだと朗らかに笑うような男、それがバルロイである。

悪気はない。一切ない。しかし、やはり、アホと言われてしまうような困ったところが、バルロイにはある。むしろ悪気がないだけに始末に負えないというか。

いつも通りの二人のやりとりに、悠利はまぁまぁと仲裁に入る。聞きたいこともあったし、少しはアルシェットを休ませてあげたいという気持ちもあった。ツッコミは疲れるのだ。悠利はそれを知っている。

「あの、お二人、普段は余所でお仕事されてますよね？　今回は王都でお仕事なんですか？」

「普段は余所で仕事してて、たまに王都でも仕事するぞ。今回は実家経由の仕事だけど」

「実家経由？」

「そう、俺の実家から仕事が回ってきた」

悠利の疑問に、バルロイはけろりと答える。答えは端的だったが、説明は全然足りていなかった。どういう意味かよく解らなかった悠利は、ちらりとアルシェットへ視線を向けた。勿論彼女は、悠利の視線の意味を読み間違えたりはしない。

相棒の説明不足を補うように、アルシェットは口を開く。種族特性で成人していても子供にしか見えない彼女だが、表情や仕草、物腰はきちんと大人だ。こういうときは特にそれを感じる悠利だった。

……まぁ、隣の狼獣人が、永遠の小学生みたいなノリなので余計になのだろうが。

「普段のウチらは、ギルドで仕事を受けてあちこちを移動しとる。一か所に腰を据えるのも悪ないけど、ウチのパーティーはあちこち回って色々見聞きする方が楽しい連中の集まりでな。そんで、たまに王都にも戻ってくる感じやねん」

ざっくりとしたアルシェットの説明に、悠利はなるほどと頷いた。それなら、彼らが時々王都に姿を現し、ついでのように《真紅の山猫》のアジトに顔を出すのも納得は出来る。一応。

説明で何となく解ったものの、ちょっと気になることがあったので悠利は質問を口にした。気になったときにちゃんと聞けるのは彼の美点である。

「拠点はないんですか？」

「幾つかの街で、常宿にしてる宿屋はあるで。ただ、ここみたいなアジトとか家っちゅーのはあらへんな。その方が身軽に動けるやろってことでな」

「なるほど。確かに、家があると留守番とか維持の問題とかありますもんね。人が住まない家はすぐにダメになっちゃうし、ちょっと長く空けると空気がよどみますし」

「……アンタの頭の中、ホンマに家事で埋まっとるんやな……」

「へ？」

真剣な顔で家の維持について考え始めた悠利に、アルシェットは呆れた顔をした。悠利としては普通のつもりだったが、溜まった埃の掃除の方法や、効率的な換気の方法、長期間家を空けるなら備蓄をどうするかなどと呟いていたので、アルシェットのツッコミは多分間違っていない。

まぁ、実際問題そういう理由もあってアルシェット達も拠点を持ってはいないのだが。

空っぽにするならば、食料その他の生活必需品の備蓄も考えなければならない。長期保存が可能なものならともかく、そうでないならば毎回毎回精算しなければならないのだから。

それらを前提としての、彼らが普段は王都にいないというのと、今回の仕事がバルロイの実家経由ということに話は繋がっていく。

「そんなわけで、本来やったら今回みたいな仕事はウチらには回ってこうへん。王都に常在しとる冒険者に回るはずや」

「そこで、バルロイさんのご実家、ですか」

「せや。バルロイの実家は狼獣人の身体能力を生かした人材派遣みたいなんをしとってな。色んな依頼に、向いてる奴を向かわせてるらしいんや」

「今回は護衛の仕事で、丁度王都の土地勘もあるからお前がやれって親父から連絡が来たんだ」

「そうだったんですね」

アルシェットの説明に、バルロイが事の顛末(てんまつ)を追加する。普段は家の仕事はしてないんだけどなーと豪快に笑うバルロイ。そんな彼に仕事を回してきた父親も、なかなかに豪快な人なんだろうなと思う悠利(ゆうり)だった。

それと同時に、護衛の仕事をバルロイが自分に向いていると判断している事実に、ちょっとだけ首を傾(かし)げた。悠利の知る限り、バルロイは愛すべき脳筋である。誰かの護衛が向いているようには見えなかった。

そんな悠利の疑問を理解したのだろう。アルシェットがポンポンと悠利の肩を叩(たた)いた。

「アルシェットさん？」

「疑問は尤(もっと)もやけど、こいつ、戦闘時はめちゃくちゃ仕事出来るんや。で、その延長線上で、誰かの護衛が物凄(ものすご)く得意やねん」

「そうなんですか？」

「対象の捕捉(ほそく)も得意やし、そもそもこいつの身体能力相手にして、仮に窮屈に感じて離れようとしたところで、護衛対象が逃げ切れると思うか？」

「思いません」

アルシェットの質問に、悠利はきっぱりはっきり言いきった。

獣人というのはそもそも身体能力が優れた種族だ。そして、その中でも犬科というのは嗅覚も優れており、対象を追うのが得意だという。バルロイは狼獣人なので、その辺はお察しだ。

ただ、にこにこ笑っている大型犬みたいなバルロイしか知らない悠利としては、戦闘のときは仕事が出来ると言われても全然想像が付かなかった。ただ、その件については他の仲間達にもそうだと聞いているので、そうなんだなと思うだけだ。

「でも、護衛だったらこんな風にうちでのんびりしてられないのでは？」

「問題あらへん。仕事をパーティーで受けたんや。で、交代制でやってるんよ」

「あ、なるほど。それなら大丈夫ですね」

仕事が忙しいのではと心配した悠利だが、アルシェットの説明を聞いて一安心だった。まぁ、バルロイが悠利のご飯が食べたいという欲望で突っ走って仕事を放置しようとしたとしても、アルシェットがそれを許さないだろうが。

そんな風に三人で雑談を楽しんでいると、仲間達が鍛錬から戻ってきた。戻ってきたのは所謂武闘派メンバーで、リヒト、ラジ、マリア、レレイ、そしてウルグスだ。身体を動かしてきたのか、若干名は疲れた顔をしている。

「あ、バルロイさんとアルシェットさんだー！　こんにちはー！」

「レレイー、久しぶりだなー！」

「相変わらず元気そうやな」

「はーい、元気でーす！」

駆け寄ってきたレレイとバルロイがハイタッチをしている。彼らは性格がよく似ているので、とても仲が良いのだ。悪気のない脳筋コンビというところだろうか。楽しそうに笑っている姿は、実に微笑ましい。

その実、破壊力が恐ろしいコンビなので、笑顔で壁を粉砕するとか止めてくれよというツッコミが入るのだが。破壊しても良いダンジョンとかだった場合、「この方が早い」とか言い出して壁を破壊して道なき道を突き進むタイプの二人だ。

他の面々とも仲良く挨拶をして、何故ここにいるのかの説明も手早く済ませる（アルシェットが）。そして話題は、彼らの今の仕事とバルロイの実家の話になった。

「お家の仕事の関係で護衛が得意って、ラジと似てるね」

「確かに、境遇は似てるのかな」

「んー？　俺とラジは似てないぞー。どっちかというと、正反対だろ？」

「「え？」」

レレイとラジの言葉に、バルロイは異論を挟んだ。違うと思うとのんびりと告げる表情は、あくまでも素だった。彼が本気でそう思っているということだろう。

何を言われたのかよく解らず首を傾げる周囲に、バルロイはけろりと言い放った。彼の中の理由を。

「だってラジは、攻撃型だし」

「「はい？」」

端的に告げられた言葉に、今度は全員が疑問の声を上げた。何を言っているのかよく解らなかった。それはアルシェットも同じだったらしく、大柄な相棒を見上げて「どういうことやねん」と説明を求める台詞を発していた。

皆もアルシェットと同意見だったので、頷いたり目線で訴えたりして説明を求める。皆のその反応がよく解らなかったらしいバルロイは、不思議そうな顔で告げた。

「え？　同じ前衛でも、俺は守備型でラジは攻撃型ってだけの話だろ？　ブルックとかレレイとかマリアと同じじっていう」

「え？　あたし達とラジって一緒だったの？」

「あら～、お仲間だったのねぇ～」

「一緒にされたくない……」

「でも、分類するならそっちだろ、お前」

純粋に疑問の声を上げるレレイと、からかうつもり満々で楽しそうなマリア。その二人に挟まれているラジは、苦虫を噛み潰したような顔で呻いていた。彼の気持ちが大変よく解る一同だった。

しかし、バルロイは一切譲ってくれなかった。

どう考えても、彼と彼女達が同じ分類には思えなかった一同は、やっぱり首を傾げている。おずおずと口を挟んだのはリヒトだった。

「バルロイ、レレイやマリアとブルックが同じ系統なのは何となく解るんだが、ラジもなのか？　ラジはどちらかというと、俺に近いような気がするんだが」

「違う。リヒトは俺と同じ守備型。ウルグスもこっちかな？」

「よし……ッ！」

「ウルグス、そこまで全力で喜ばないの」

リヒトの言葉にもバルロイはブレなかった。きっぱりはっきり言いきる。

その中で、自分は違う組だと理解したウルグスがガッツポーズをしていた。バルロイが一緒というのは脳筋枠にも引っかかる可能性はあるが、暴走するレレイやマリアと同じ組より、リヒトと一緒と言われた方が嬉しかったらしい。

そんなウルグスと対照的に、重ねてお前は暴走組だと言われたラジがしょげていた。僕は違うと思うとぼやく彼の背中は、哀愁が漂っている。とても不憫だった。

あまりにもその背中が不憫だったので、アルシェットは相棒の腕を引っ張ってその名を呼んだ。

「バルロイ」

「何だ、アル？」

「アンタのそういう判断がいつも間違ってへんのは知っとるけど、今回はちょっと違うんちゃうか？　ウチらの目から見て、あの子は他人の護衛の出来る理性的な子やろ」

「アル、俺が言ってるのは護衛が出来るか出来ないかの話じゃないぞ。本質の話だ」

「本質？」

　アルシェットの言葉に、バルロイは大真面目な顔で告げる。そこで彼は、会話が噛み合っていなかった理由を何となく理解した。彼が言いたいのは別に、護衛の仕事が出来る出来ない、戦場ですっ飛んでいくすっ飛んでいかないの話では、なかったのである。

　詳しい説明を求められて、バルロイは口を開いた。何で皆は解ってないんだろう？　と言いたげな顔をして、ではあったが。

「俺が言いたいのは、最後の最後、本当にヤバいときに攻撃に出るか守備に徹するかって話だ」

「危ないときは先手必勝で相手を倒しちゃえば良くない？」

「そうよねぇ。攻撃は最大の防御だわ」

「物騒二人は黙ってなさい」

「「はーい」」

　話が進まないからとリヒトに諭されたレレイとマリアは、素直にその言葉に従った。自分達が攻撃型、何かのときには攻撃に転じて状況を好転させようとする思考回路の持ち主であることを、彼女達は理解している。そして、別にそれが悪いことだと思ってもいない。いや、実際別に、悪いことではないのだが。

　ただ、皆が気になるのは、バルロイが口にするその性質に、ラジが該当しない気がするからだ。優れた身体能力とそれに相応（ふさわ）しい戦闘能力を持っているが、基本的には温厚で引っ込み思案なところのある青年だ。親しい相手以外の前では口数が減るような人物である。

その彼が、殲滅レッツゴーとか言いそうなレレイやマリアと同じ枠だと言われても、ちょっと理解出来なかった。ブルックがその枠なのは、何となく理解出来るのだが。あの凄腕剣士殿は、どんな局面も「敵を倒せば全部終わる」みたいなノリで片付けそうなので。

……そして、実際それで片付けられるだろう実力があるので。

「バルロイさん」

「何だ、ユーリ？」

「お話を聞いても、やっぱりラジが彼女達と同じ属性だとは思えないんですけど……。何か、根拠でもあるんですか？」

「あるぞ。だってそいつ、白牙の一族だろ？」

「びゃくが……？」

ナニソレと言いたげに悠利は首を傾げた。悠利だけではない。皆が首を傾げた。

その中でただ一人、ラジだけが驚いたように目を見張っていた。何で、と呟いたラジに向けて、バルロイはからりと笑って告げる。

「仕事でかち合ったり、組んだり、お前のところの一族とは何かと縁があるからなぁ。見れば解る」

「……だからって、そこまで確信を持ちますか？」

「お前の身体の使い方は、あの一族のそれだし、何回か一緒に戦ったときも、土壇場での判断が攻撃寄りだったから」

にぱっと満面の笑みを浮かべるバルロイに、ラジはがっくりと肩を落とした。当人は別に攻撃的なつもりはなかった。それなのに、バルロイがラジをそうだと判断する程度には、根っこに染みついた何かがあったのだろう。

そこでラジがぱっと顔を上げ、思わずと言いたげに呟いた。

「うちの一族と縁があるって、バルロイさんまさか、蒼盾の一族ですか？」

「そうだぞー。アレ？　言ってなかったっけ？」

「聞いてませんし、明らかに突然変異レベルで性質が違いますよね、バルロイさん！」

「それはよく言われる」

ラジの悲鳴のような叫びに、バルロイは真面目くさった顔で頷いた。俺は普通のつもりなんだけどなぁと嘯くバルロイに、ラジは絶対嘘だとぼやいていた。どうやら、彼の知る一族の特徴とは全然違うらしい。

当事者二人はそこで解り合っているが、周囲は全然解らない。何のことかさっぱりだ。なので、皆を代表して悠利が、二人の背中をポンポンと叩いて説明を求めた。

「バルロイさん、ラジ、何のことか僕ら、全然解らないです」

「ん？　あぁ、悪い」

「ごめん、説明が足りてないよな」

「出来ればラジが説明してくれると助かる」

「俺はダメなのか？」

「バルロイさんの説明は、多分どこかが足りなくなりそうなので」

「……そうか」

説明ぐらいするぞと言いたげだったバルロイは、悠利に一刀両断されてちょっとだけしょげた。俺だって説明出来るのにとぼやく相棒の大きな背中を、アルシェットはぽんぽんと叩いた。

ただし、慰めてはいるが、あの子の言い分は間違ってないというスタンスは崩さないアルシェットであった。

そんなバルロイとアルシェットを横目に、ラジはとりあえず説明を始めた。主に、彼ら二人の一族についてだ。

「うちの一族、白い虎獣人なんだけど白牙って呼ばれてるんだ。牙って付くところから解るように、攻撃を重視してるところがあってさ。敵の息の根を確実に止めれば、間違いなく味方を守れるっていう感じかな」

「滅茶苦茶物騒なんだけど」

「勿論、それは最終手段としてだし、普段はそこまで血の気が多い奴ばかりじゃない。ただ、まぁ、力があるならそれで倒せば良いっていうのは、多分染みついてるかな」

「ラジ、そうは見えないのにねぇ」

「血の気が多いのとは別の話だと思う」

レレイやマリアに比べて、ラジは理性的だ。その彼が口にするには、どうにも違和感のある性質だった。ただ、当人はバルロイとの会話で何となくその辺りを自覚はしたのか、特に気負った風には見えない。

後、バルロイが口にした分類が、血の気が多いとか物騒とか暴走するとかではないと解ったのも大きい。

「それで、バルロイさんの一族は青い狼獣人で、蒼盾って呼ばれてる。盾の意味で呼ばれる通り、守護に特化してるんだ。どんな状況でも対象を守りぬく、自分の命も守りぬくって感じかな」

「どういう意味？」

「勝てなくても負けなければ良い、みたいな感じ。自分達が敵を倒せなくても、生還出来れば問題ないって感じかな。必然的に、理性的で頭の良い人が多いよ」

「待って」

ラジの説明は解りやすかった。とても解りやすかった。それだけに、悠利は思わず口を挟んだ。声には出さなかったが、説明を聞いていた一同も同じ気持ちだったに違いない。

ラジは大人しく黙っていた。悠利達が受けた衝撃を、彼はきちんと理解している。自分もさっき味わったばかりなので。

「ラジ、あのさ、ラジ、あの……」

「解るぞ、ユーリ。言いたいことは解る。僕もさっきそう思った。でも、言わせてくれ」

「……うん」

「蒼盾の一族は、理知的で思慮分別に富んでいて、どんな状況でも冷静に判断して生還することを最大の目標にするような、とても頭の良い人々なんだ」

「「バルロイさんと全然違う！」」

重ねて言い聞かせるようなラジの言葉に、悠利は叫んだし、一緒にウルグスも叫んでいた。リヒトは変なものを見るような顔をしていたし、レレイは目をまん丸に見開いていた。マリアは訝しげな顔でバルロイを見ている。

……早い話が誰一人としてラジの説明を信じていなかった。むしろ、別の一族ですとか、性質の異なる分家筋ですとか言われた方が納得がいく。

しかし、そんな彼らの希望をアルシェットが打ち砕いた。無情にも。

「バルロイがその一族なんは間違いあらへんで。時々、こういうポンコツが突然変異で生まれるらしいわ」

何で生まれちゃうんだろう、と皆は思った。何もそんな、一族と正反対の性質を持ったような存在が生まれる必要性はない気がした。看板に偽りありになってしまう。

「アル、ポンコツはひどい」

「他の一族の人に比べたら明らかにポンコツやろ」

「そんなことはないぞ！　俺は一族の中でも、上から三番に入るぐらいには強いんだ！」

「戦闘能力だけの話やないかい！」

自信満々に言いきったバルロイに、アルシェットのツッコミが炸裂した。とても派手などつき漫才みたいになっているが、ダメージは入っていないので問題ない。いつものことだ。

賑やかなやりとりを繰り広げる二人をいつものことと放置して、悠利はラジに向き直った。説明を聞くのはラジの方が良いと思ったのだ。間違ってない。

「バルロイさんの一族、本当にそんな感じで頼れる雰囲気なの？」

「あぁ。僕も実家の仕事の関係で顔を合わせたことはあるけど、理知的で落ち着いた物腰で、戦闘のときは多少荒っぽくなるけれど、全体的に賢そうだった」

「でもバルロイさんと同じ一族なんだ？」

「らしい」

「……見えない」

「同感だ」

とても失礼なことを大真面目に呟いた悠利に、ラジは否定せずに同意した。そこを否定出来る要素は、彼にもなかったので。

人は見かけによらないというか、どこにでも例外はあるというか、そんな感じの話だった。勿論、血縁だから皆が皆同じような性格をしているわけではないだろう。それでも、拭いきれない本質みたいなのが、二つの一族にはある。

ラジの一族は普段の血の気は多くないので、別にラジは例外枠ではない。血を見るのが苦手だという弱点こそ異質だが、性格的な意味では彼は別に突然変異でも何でもないのだ。

だからこそ、ラジが語った一族の性質と正反対の場所でからから笑っているバルロイが、へんてこりんだと思う悠利だった。勿論、そんなことでバルロイを好きな気持ちが変わるわけではないのだけれど。

「蒼盾っていうと、俺も前に仕事で顔を合わせたことがあるなぁ」

「リヒトさん、会ったことあるんですか？」

「あぁ。大規模な護衛任務みたいなのがあって、そのときに。……頼りがいのある、冷静沈着な紳士だった。戦闘能力も高かったし」

「わぁ……」

遠い目をしたリヒトに、悠利は思わず同じような顔になった。全然バルロイさんと繋がらないやーと呟いた悠利に罪はない。

そんな中、レレイがポンと手を打って口を開いた。自然と、皆の視線が彼女に集中する。

「解った！　戦闘のときの、落ち着いて頼りがいのあるバルロイさんだ！」

「「あ」」

「え？　どういうこと？」

「あのね、バルロイさんは戦闘のときは凄く格好良いってのは前にも話したよね？　普段とは打って変わって冷静で、周りがよく見えてて、すっごく頼りになるんだよ！」

「……バルロイさんが？」

「バルロイさんが」

誰それと言いたげな悠利だったが、周囲はレレイの発言でなるほどと声を上げている。どうやら、皆には納得の出来る説明だったらしい。そこはやはり、戦闘時限定の格好良いバルロイを知っているかいないかの差だった。

皆がわいわいと話しているのを見て、悠利はうーんと唸った。彼にはどう足掻いても見ることが出来ない、想像も出来ないバルロイの姿だ。大型犬モードで美味しいご飯を楽しみにしている暢気なお兄さんとしか、悠利の中のバルロイ像は存在しないのである。

「皆がそんなに言うなら、僕もいつか見てみたいなぁ」

盛り上がっている仲間達の姿を見ながら、悠利はぼそりと呟く。その呟きは、誰の耳にも届かず消えた。

けれど、その思いはすぐに四散した。何故ならば。

「せやからお前は、自分のアホさ加減はちゃんと理解せぇて言うてるやろが……！」

「アル、アル、耳を引っ張るのは止めてほしい。首が痛い」

「やかましいわ……！」

何か余計なことを言ったのかアルシェットを怒らせたらしいバルロイが、耳を引っ張られてしょげている姿が目に飛び込んだからだ。小柄なアルシェットに耳を引っ張られ、首を傾けて痛い痛いと訴えているバルロイの姿は、いつもの愉快なお兄さんでしかない。

大きなバルロイと小さなアルシェットだが、手綱を握っているのは小さなアルシェットの方である。年齢的には同年代なので、当人達は特に気にしていない。ただ、絵面のインパクトがそこそこあるだけで。

とはいえ、悠利にとっては見慣れた姿である。あまりにも見慣れたいつも通りの姿だったので、バルロイの一族の本来の性質や、戦闘時の彼の格好良さというのが、全部吹っ飛んだ。

「まぁ、バルロイさんはバルロイさんだもんねぇ」

のんびりと呟いた悠利の一言が、ある意味何より的を射ていた。一族の性質が何であろうと、戦闘時の彼の姿が何であろうと、バルロイはバルロイだ。愉快なお兄さんの一面も、子供みたいに無邪気な一面も、皆が言う戦闘時の格好良い姿も、全部がバルロイなのだろう。

盛り上がっている皆を見つめながら悠利が思ったのは、晩ご飯はお肉増量かなぁということだった。バルロイの手土産もあるので、美味しいご飯を作ってあげようと思うのだった。

なお、いなかった面々に今日の話をしたところ、大抵のメンバーが驚いたので、驚いた自分は悪くなかったんだなと思う悠利でした。

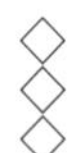

放っておくと家事をやりすぎて根を詰める悠利には、定期的に休暇が与えられている。今日もそんな日だったので、悠利はルークスを伴ってお買い物を楽しんでいた。特に何を買うというわけではないのだが、のんびりと色んな店を覗くのは楽しいのだ。

そんな風に休日を堪能していた悠利は、知り合いを見かけてぱちくりと瞬きを繰り返した。別に、知り合いがいることは問題ではない。問題は、彼らの行動が少しばかり変だったからだ。

「……バルロイさんとアルシェットさん、だよねぇ？」

「キュー？」

「何で二人とも、あんな変な速度で歩いてるんだろう……」

悠利とルークスの視線の先にいるのは、間違いなくバルロイとアルシェットだ。そもそも、二人並んでいる彼らを見間違えるのは難しい。どちらか片方だけならば良く似た背格好の他人という可能性もあるが、あんなにも目立つ凸凹コンビのそっくりさんがいるとは思えなかった。

そのバルロイとアルシェットであるが、悠利が口にしたように不思議な速度で歩いていた。少し歩いては立ち止まり、また歩いては立ち止まる。不規則で、変な速度だった。まるで、自分達のペースで歩いていないようにすら見える。

何をやっているのか気になったので、悠利とルークスは二人の背中を追いかけた。そこそこ距離があったが、二人は時々立ち止まるので難なく追いつくことが出来た。

二人に声が届く距離になったので悠利が口を開こうとした瞬間、くるりとバルロイが振り返った。

「ユーリ、どうした？」

「へ⁉」

「追いかけてきてただろ？　どうかしたか？」

「……き、気付いてたんですか」

「そりゃ気付くぞー」

はははと豪快に笑うバルロイに、悠利は乾いた笑いを浮かべた。追いかける最中、特に声を上げてはいない。足音もそんなに立ててはいない。それなのに呼びかける前に振り返られるというのは、なかなかに衝撃的な経験だった。

そんなバルロイと悠利のやりとりに、アルシェットはちょっとだけ驚いた顔をしていた。冒険者だから気配に聡いというよりは、バルロイが狼獣人だから気配に聡いということなのだろう。有能だなぁと悠利は思った。

「ユーリやないか。どないしたんや？」

「お二人の姿が見えたので、ちょっと気になって。さっきから立ち止まったり歩いたりを繰り返してましたけど、何でです？」

「あー、仕事中やから、やな」

「仕事中？」

「あそこや」

首を傾げる悠利に、アルシェットは眼前を示した。そこには、真剣な顔で露店で商品を選んでいる一人の少女がいた。彼らとの間には距離はそこそこあって、姿は見えるが声は聞こえないぐらいの位置関係だ。

仕事？　と小さく反芻した悠利は、そこで思い出した。彼らが今、何で王都にいるのかを。バルロイの実家経由で回された護衛の仕事をしていると言っていたことを、思い出したのだ。

「つまり、あちらのお嬢さんが護衛対象ってことですか？」

「そうだ」

「外出中のお嬢様の護衛が、ウチらの仕事や」

「……その割に、距離が遠いというか、認識されてない気がするんですけど」

「その方がお嬢さんも落ち着くかなーと思って」

「バルロイさん？」

アルシェットの質問に悠利が疑問を口にすれば、答えたのはバルロイだった。きょとんとする悠利に、バルロイはいつも通りの気の好い兄ちゃんといった笑みを見せる。

「護衛だからって、四六時中側にいられたら息が詰まるだろ？　だからとりあえず、何かあったときに守れる距離を保ってれば、べったりじゃなくて良いだろうってことになった」

「まぁ、それが出来るんはこいつだけやねんけどな」

「これぐらいの距離なら一瞬で詰められるからなー」

「わー、バルロイさんすごーい」

「キュー」

バルロイの説明にアルシェットが真理をズバッと付け加えた。狼獣人ならではの身体能力を生かした布陣らしい。確かに、バルロイの身体能力の高さならば出来そうだ。

パチパチと手を叩いて褒める悠利の足元で、ルークスも同じような仕草をして褒めていた。というか、目をキラキラさせていた。尊敬の眼差しと言っても過言ではない。

「ん？　どうした、ルークス。目がキラキラしてるぞ」

「キュキュー！」

「んー？　ユーリ、何か言いたいみたいだけど、俺には全然解らない」

「僕にも全部は解らないです」

「そうか。困ったな。今度アロールに通訳してもらおうな」

「キュピ！」

　ぽよんぽよんと跳ねて何かを訴えているルークスだったが、残念ながらこの場には彼の言いたいことをきちんと理解出来る者はいなかった。ごめんなとルークスの頭を撫でるバルロイ。悠利もごめんねと謝っていた。

　とはいえ、言いたいことが全部は通じないことぐらいルークスも解っているので、特に気分を害した風ではなかった。大丈夫と言いたげに軽快に跳ねて、笑っている。今日も愛らしいスライムである。

「ところで、彼女、良い家のお嬢さんだと思うんですけど、一人でお買い物なんですか？」

「一人でお買い物だな。最近、一人でお買い物出来るようになったみたいだ」

「はい？」

　バルロイの言葉に、悠利はきょとんとした。何を言われているのかよく解らなかったのだ。目の前の少女は、年齢で言うならヤックと同い年、つまりは十二、三歳ぐらいに見える。この世界の子供達は逞しいので、お使いぐらいもっと幼くてもやってのける。なので、バルロイの言っていることがよく解らないのだ。

　そんな悠利の肩をポンポンと叩いて、アルシェットが静かに告げた。

「ユーリ、育ちの良いお嬢さんはそもそも、自分で現金を持たへん」

「え」

「家に商人を呼ぶか、家に請求が行く店で買うかや。こんな風に往来の露店で、現金で買い物をするんは、珍しいんやで」

「……わー。わー。あのお嬢さん、すっごいお嬢様なんですねー」

おーと感心しきりで呟く悠利。まるで、漫画やドラマに出てくるお嬢様みたいだとうきうきしていた。……何せ、悠利の周りには庶民しかいないので、そんな上流階級のあるある話は出てこないのだ。

いや、ウルグスは立派にお坊ちゃまなのだが。当人が普通に庶民の生活に馴染んでいるし、普段の彼はどう見てもただのガキ大将なので、皆がついうっかり忘れてしまうのだ。

「最初は値段を全然解ってないみたいだったもんなぁ」

「流石に、割り込んで口挟んだ方がえぇかと思ったな、あのときは」

「まぁ、おかげで友達に出会えたみたいだけど」

「せやな」

「友達?」

のんびりとお嬢さんの背中を追いかけながら、悠利は二人に問いかけた。屋台で買った商品を嬉しそうに手にした魔法鞄に入れているお嬢さんの姿が、妙に微笑ましい。大量に買っているが、自分の分でないのなら納得もいく。

「彼女はお友達のところへ向かってるんですか?」

「そうだぞ。ここのところ、昼間はずっとだな」

「習い事は全部すっぽかしてるんやけどな。まぁ、ご両親がそれでえぇて言うてるから、構わへんねんけど」

「アレ？　習い事すっぽかしても、ご両親は怒らないんですか？」

「『全然怒らない』」

綺麗にハモった二人だった。それもどうなんだろう？　と悠利は首を傾げる。良い家のお嬢さんならば、その習い事も多分何らかの意味があるはずだ。それをすっぽかしても怒らない親というのが、よく解らない。

うーんと悠利が唸っていると、いつの間にかバルロイが手に串焼きを数本持っていた。タレの匂いが美味しそうに漂ってくるお肉の串焼きだ。

この辺りは食べ物の屋台が多い場所で、観光客や地元の人々がちょこちょこ購入しては腹を満たしている。悠利もたまに食べ歩きをするのだが、バルロイもその例に漏れなかったらしい。

「アル、串焼き買ってきた」

「……今の一瞬で買い食いに走るな」

「ちゃんと彼女の姿は視界に入れてるから問題ないぞ」

「さよか」

「ほら、アルの分。ユーリも食べるか？」

「いただきまーす」

「……アンタも、食べるの好きやな」

「美味しいものは大好きですよ」

バルロイに手渡された串焼きを素直に受け取って、悠利はいただきますと呟いてからかぷっと咥える。表面を強火で焼いて焦げ目を付けた後、じっくり火を通したらしい肉は簡単に噛み切れた。濃いめのタレと肉の脂があいまって実に美味しい。

焼き鳥とは違って長方形に切られた肉なのだが、焼き方が上手なのかとても食べやすい。切り込みが入れてあり、その溝にタレが絡まっているのが何とも言えず見事だ。どこを食べてもタレの味がするので、ありがたい。

ジューシーなお肉なので、あまり沢山は食べられないが、確かに美味しかった。一本をじっくり食べている悠利と、同じように一本をゆっくり食べているアルシェット。食べ歩きの醍醐味みたいな感じになっている。

なお、その二人の隣でバルロイは、ひょいひょいと串焼き肉を食べていた。まるで呑み込んでいるのではないかという勢いで、肉が消える。満足そうに笑うバルロイの手には、空っぽになった串が五本近く握られていた。早業すぎる。

「キュー」

「あ、ルーちゃん、ゴミ引き取ってくれるの？　ありがとう」

「キュピ」

これは自分の仕事だと言いたげに、悠利達が食べ終わった串を処理するルークス。慣れたもので悠利は気にしないが、バルロイとアルシェットは目を丸くしていた。彼らはゴミ処理をするルークスとあまり遭遇していないのだ。

「ゴミは全部ルークスが食べてくれるのか?」

「キュ」

「何でも?」

「キュイ」

「凄いなぁ……! 旅のお供に欲しい」

「こら」

任せろと言いたげに串を処理するルークスを見て、バルロイが最後に本音を零した。素で口にしたらしい相棒の背中を、アルシェットはぺしりと叩いておいた。そんな、便利道具みたいな扱いをするんじゃないと言いたげに。

とはいえ、ルークスがお役立ちなのは事実だ。以前、悠利が温泉都市イエルガに皆と一緒に出かけたときも、帰路の野営で大活躍だった。具体的には、食器の洗浄とか。

……え? 従魔の使い方として間違ってる? ハイスペックなスライムなのに扱いが変? 今更なので言わないでください。後、当人が皆の役に立てると喜んでいるので。

「ところで、食べておいてなんですけど、お二人って今仕事中ですよね?」

「仕事中だな」

「せやな」

「買い食いしてて良いんですか……?」

素朴な疑問だった。護衛のお仕事中だというのに、バルロイは今度は小振りのパンを二袋買っていた。一つは悠利達に差し出して、一つは自分が食べている。

表面にザラメが散っているパンは、小振りなのもあいまっておやつとして食べるのに向いていた。外はカリッと、中はもっちりで、食感も楽しい。美味しいのは事実だし、悠利もありがたくご相伴にあずかっている。

しかし、重ねて言うが彼らは今、護衛のお仕事中である。勿論、護衛対象であるお嬢さんの姿を見失うこともなく、あちこちの露店で買い物をする彼女をのんびりと追ってはいるのだが。

少なくとも、悠利のイメージする護衛とは全然違った。どう考えてもぶらり食い倒れツアーみたいになっている。バルロイがチョイスした露店の食べ物は、基本的にどれも美味しいけれど。

「仕事はちゃんとしてるぞ？」

「いえ、そうかもしれないですけど」

「良いか、ユーリ」

「何でしょうか」

「腹が減っていざというとき動けないとダメだろう？」

「……まぁ、それは、そうですけど」

大真面目な顔で言うバルロイに、悠利は一理あるのは認めた。認めたが、バルロイの隣でアルシェットが首を左右に振っているのが気になった。飼い主さんは異論があるらしい。

「アルシェットさん、どうかしました？」

「屋敷出てくる前にも大量に食べてたんや。別に今、空腹で死にそうなわけやない」

「違うぞ、アル。屋台の美味そうなものを見たら腹が減るんだ」

「アンタは……」

アルシェットの意見に、バルロイは悪びれもせずに言いきった。いや、言いたいことは悠利にも解るのだ。出来たてを提供する屋台の料理は、匂いやら音やらでこちらの胃袋を刺激する。満腹だったとしても、隙間をこじ開けてしまうような魔力があるのだ。

食欲に忠実すぎる相棒に、アルシェットはがっくりと肩を落とした。これで護衛の仕事がきっちり出来ているのだから、怒りきれないのだろう。仕事はきちんとするのがバルロイなので。

「おっ、買い物が終わったみたいだな」

「ほな、友達のところへ直行か」

「だろうなー」

目当ての商品を買い込んだのか、満足そうに笑うお嬢さんの横顔が見えた。そのまま彼女は、妙に軽やかな足取りで歩き出す。友達のところへ行けるのが、とても嬉しいと言いたげに。

何となくバルロイとアルシェットにくっついて彼女の背中を追いかけながら、悠利はふしぎに思った。この辺りの露店は様々なものを売っているし、悠利もお世話になる。だが、決して上流階級向けの品々ではない。

先ほどの串焼きやパンにしてもそうだ。庶民や観光客が食べるようなものであって、良い家のお嬢さんが嬉々として買い込むものではない。友達の家に向かうというのに、手土産が随分と庶民的だなぁと思ったのである。

その疑問は、彼女が向かった先で晴れた。嬉しそうにお嬢さんが向かったのは、庶民が暮らす居住区画の一角だった。清潔に保たれてはいるが築年数はそれなりに経っているだろう家の前で、立ち止まる。

玄関の前、呼び鈴を押す前に自分の姿を確認するところは、良家のお嬢様らしかった。駆け足で歩いたせいで少し裾(すそ)の乱れたスカートを直し、手櫛(てぐし)で髪を整えてから、呼び鈴を鳴らす。

玄関扉を開けてお嬢さんを出迎えたのは、成人の男女だった。どことはなしにのんびりとした雰囲気の青年と、彼とは正反対にしっかり者といった雰囲気の女性だ。どちらも身につけているのはごく普通の庶民の服で、良家のお嬢さんと並ぶと一歩間違えたら使用人に見える。

けれど、彼女を出迎える彼らの表情は友愛の情に満ちていて、仲良しなんだなぁと悠利は思った。どういう知り合いなのかは解らないが、少なくとも金銭目当ての何かでないことだけは判別出来た。

「アレが、彼女のお友達ですか?」

「せや。買い物で困ってたところを助けられてから、仲良くなってな。最近はもっぱらここに入り浸っとる」

「彼らが喜んでくれそうな手土産を露店で選ぶのも、日課になってるよなー」

「家で用意したら高級品ばっかりになってまうって気付いてからは、自分で選んではるんよなぁ。可愛(かわい)らしいわ」

「へー。そうなんですねー」

少し距離を取っているので、こちらの会話はあちらには聞こえない。あちらの会話も、少なくとも悠利とアルシェットには聞こえていない。バルロイとルークスがどうかは解らないが。

彼女が屋内に入ってしまったら、護衛の二人はどうするんだろう？　と悠利は思った。見える範囲ならば距離を取っていても良いが、見えない場合はどうするのか、と。

そんなことを考えていると、家の中に三人の姿が消えるのを待ってから、二人は家の敷地へと移動する。慣れていた。

「外から護衛してるんですか？」

「俺達がいるのは解ってるから、大丈夫だろってことで」

「せっかく友達と遊んでるんや。邪魔したったら可哀想やろ」

ご両親もそういう方針やしな、と笑ってアルシェットが付け加えた一言に、悠利は首を傾げた。習い事をすっぽかして友達のところに遊びに出掛ける娘を、咎めもしないご両親のお考えはよく解らない。

解らないが、アルシェットの口振りからして、そこに悪感情はないのだろうなと判断した。アルシェットもバルロイも、仕事は仕事として割り切るとしても、悪意を平然と流せるタイプではない。特にバルロイはすぐに顔に出るので、その彼がのんびりしているということは、何らかの理由があるのだろう。

その辺は悠利には特に関係のないことなので、まぁ良いかと思うことにした。気にしても仕方ない。

「それじゃあ、お二人は彼女が出てくるまでここで待機なんですね？」

「あぁ、そうなる」

「そういうわけや。退屈やろうし、ここらで別れよか」

「そうですね。お邪魔をするのも何です、し……？」

仕事中の二人の邪魔をしてはいけないのでお暇しようと思った悠利は、そこで語尾を変な感じに途切れさせた。バルロイとアルシェットが訝しげな顔で悠利を見る。しかし悠利は、二人を見ていなかった。

悠利の視線の先は、家の窓だ。恐らくは今、お嬢さんが過ごしているだろう部屋の窓である。そんなものを見て何をしているんだと言いかけた二人は、目を点にした。

そこには、彼らの予想を裏切る光景が広がっていた。

「ルーちゃん！　そこは余所様のお家だから、お掃除しなくて良いよ……！」

「キューピー」

「綺麗にしてあげようとかじゃなくてー！　勝手に余所のお家の窓を磨こうとしちゃダメー！」

「「……ルークス」」

窓の汚れが気になったのか、よじよじと壁を登ったルークスが窓にぺたりと張り付いている。出来るスライムは、そのまま窓の上を這うようにしてお掃除を始めていた。

当然ながら、突然窓にスライムが張り付いて部屋の中は大騒ぎだ。頭に可愛らしい王冠を着け、そこに従魔タグがあるとはいえ、そんなのは初見では気づけない。

そもそも、部屋の中から見えるのは窓を這っている部分である。王冠があるのは見えるかもしれないが、従魔タグまで認識出来ているかは怪しい。

悠利が必死に止めるが、ルークスはご機嫌で窓掃除をしていた。……ちなみに、ルークスは完全に善意で行動している。この家はバルロイとアルシェットが護衛をしているお嬢さんが懇意にしている人達の家だという認識から、それならお手伝いで綺麗にしようと考えたのだ。

ルークスの身内判定は時々ガバガバなので、知り合いの知り合いとかでも身内に加えて、お掃除対象にしてしまうことがある。職人さん達の作業場とか、知り合いの働く店とかは、基本的に全部お掃除対象の身内の場所である。今回もそれが発動したらしい。

「ルーちゃん、とりあえず一度戻って！　中の人達が驚いてるから……！」

「キュウ？」

悠利の叫びに、ルークスは「何が？」と言いたげな視線を向けた。お仕事をしているだけのつもりなので、部屋の中の大騒ぎをまったく認識していないのだ。その辺りは、やはり魔物だ。感性が違いすぎた。

次の瞬間、勢いよく窓が開いた。室内にいた青年が、突如現れたスライムを排除しようと動いたのだろう。窓から身を乗り出して、手にした棒でルークスを叩こうとする。

「はいはい、悪いが攻撃はしないでくれ。良いスライムだから」

「アンタは、お嬢の……」

「うん、エリーゼお嬢さんの護衛のバルロイ。こいつは俺の知り合いの従魔でルークス。ルークス、ちょっと大人しくしてろー」

「キュー……」

「バルロイさん、ナイスです……」

青年がルークスを攻撃するよりも早く、バルロイが間に割って入る。棒を片手で押さえるようにして受け止め、逆の手でルークスを小脇に抱えていた。目にもとまらぬ早業だ。

確保されたルークスは、そこでやっと何か自分がやらかしたらしいと気付いたようだ。バルロイに荷物のように抱えられた状態で、悲しそうに鳴いている。しょんぼりスライムに、悠利が慌ててルークスを慰めにかかる。

「ルーちゃん、お掃除してあげようって気持ちが悪いわけじゃないんだよ？　ただね、ここの人達はルーちゃんを知らないから、いきなり窓にスライムが張り付いてたら驚くんだよ」

「キュピ……？」

「驚くんだよ、ルーちゃん」

「……キュウ」

悠利の訴えに、ルークスは「何で？」という目をした。けれど、重ねて言い聞かされて、とりあえずは納得したらしい。攻撃を加えるわけでもないのに、何で驚かれるのかルークスには解らないらしい。

ルークスを悠利に任せて大丈夫だと判断したバルロイは、ひょいっと悠利にルークスを手渡してくる。可愛い従魔をしっかり受け取って、抱えた悠利は困った顔で室内の面々を見た。

バルロイから解放された棒を手に、訝しげな顔で悠利達を見ている青年。驚きに目を見張っているお嬢さん。そのお嬢さんを庇うように立っている女性。明らかに警戒態勢だった。ごめんなさいと心の中で悠利は謝った。

驚かせるつもりなど、なかった。事の経緯を確かめたので、悠利は静かに立ち去るつもりだったのだ。まさかルークスが善意で暴走するなんて誰が思うのか。お掃除大好きスライムの、誰かに喜んでもらいたいという発想を舐めていた。

「バルロイさん、そのスライムは何なのですか？」

「俺の知り合いのユーリの従魔」

「何故そのスライムが、窓に張り付いていたのです」

「窓の汚れを綺麗にしてあげようと思ったらしい」

「ふざけていらっしゃいますの⁉」

目の据わったお嬢さんの問いかけに、バルロイは端的に返答する。素直に、率直に、実に解りやすい説明だった。だがしかし、お嬢さんは物凄く怒った。そんなことがあるわけないだろうと言いたげに。

双方の名誉の為に告げておくと、どちらも悪くない。ルークスが規格外なだけだ。普通のスライムは、地面をうろうろして自分に必要な栄養を吸収することはあるが、自発的にお掃除などしない。自動掃除機のようにお掃除をするルークスが変なのだ。

アルシェットも間に入り、バルロイは嘘を吐いていないこと、本当にルークスが掃除をしようと思って動いただけであることを必死に伝えている。脳筋のバルロイだけでなく、話の通じるアルシエットまで同じことを言うので、お嬢さんは驚きに目を見張っていた。現実は無情である。

とはいえ、まだ信じられないという顔をしているお嬢さん。確かにそうだ。スライムが自発的に掃除をすると言われても意味が解らないし、従魔にそんなことをさせていると言われたらもっと解らない。彼女の常識に照らし合わせたら、理解不能なことこの上ないのだ。

それは青年も同じらしく、物凄く胡乱げな顔で悠利達を見ていた。バルロイやアルシェットにはそういう視線を向けていないので、彼にとって不審なのは悠利とルークスだけなのだろう。悠利は困ったように笑っていた。

そんな中で、女性がハッとしたように悠利の顔を見た。次いでルークスの姿を確認した。上から下まで主従を確認した女性は、確信を持って口を開く。

「貴方、目利きの少年ね！」

「「はい？」」

ナニソレと皆が思った。しかし、女性は一人で納得していた。何だ、そうだったのとでも言い出しかねない顔だ。突然のことに、悠利は首を傾げる。

そもそも、目利きの少年とは何ぞや、である。

ただ、若干心当たりはある悠利達三人だった。悠利が買い物をするときに鑑定を使って目利きをしているのは、それなりに知られている。お店の人達には、「ちっこいのに見事な目利きだ」などと褒められているぐらいだ。

だからつまり、この女性の言いたいのもそういうことなのだろう。多分。

「メリッサ、目利きの少年って何だよ」

「オリバー知らないの？　市場で大人気の、凄い目利きの少年よ。その店の良い商品を買っていくって評判だし、この子が買う商品が置いてある店は良い商品が置いてあるって評判なんだから」

青年の問いかけに、女性はさらりと答えた。何だそれと青年が変な顔をしているが、悠利としても聞き流せない話題が出ていた。寝耳に水だ。

「え？　それは初耳なんですけど」

「貴方が選ぶ食材は美味しいって評判よ」

「わぁ……」

まさかそんなことになっているとは思わなかった悠利である。確かに、食材を買うときにはいつもきちんと【神の瞳】さんで鑑定している。そうすることで、より美味しい食材を探しているのは事実だ。しかし、それが他の人の指標になっているなんて思いもしなかったのだ。

知らない間に変な方向に有名人になっていた事実に、ちょっと頭を抱える悠利だった。当人は平凡にのんびりと生活しているつもりなので、こういう扱いには慣れていないのだ。

「それじゃあ、その子が噂のスライムなのね。うーん、よく見ると可愛い目をしているわ」

「メリッサ」

「何よ、オリバー」

「馴染むのが早い」

「だって、目利きの少年が連れてるスライムは、賢くてお役立ちだって評判だから」

「何だそれ……」

「流石ユーリ……」

「これ、僕なんです？　ルーちゃんの方じゃないんです？」

窓から身を乗り出して、つんつんとルークスを突く程度には二人に馴染んだらしい女性・メリッサ。そのあまりにも早い馴染みっぷりにオリバーがツッコミを入れるが、彼女は平然としていた。女は度胸なのかもしれない。

そのメリッサの口から告げられた言葉に、バルロイとアルシェットは大きく頷きながら納得する。ただ、悠利にはちょっと異論があった。ルークスが賢くてお役立ちだというなら、それは悠利には関係ない話だと思ったのだ。

しかし、そんな彼にアルシェットはさらりと言いきった。

「いや、主人がこれやから従魔もこうなったんやなっていう謎の安心感がある」

「それ安心感でしたっけ」

「安定感というか」

「何だかなぁ……」

つまるところ、似たもの同士とか、類は友を呼ぶとか、そんな感じの認識をされている悠利とルークスだった。ハイスペックなのにのほほんとしていて、キレたら物凄く怖い辺りもそっくりだ。

ペットは飼い主に似るようです。

「それで、そのスライムは何がしたかったの？」

「お家を綺麗にしてあげたかったようです」

「何で？」

「えーっと、知り合いのお家とか職場は、綺麗にお掃除したらその人達に喜んでもらえるから、ですかね……」


メリッサの問いかけに、悠利は視線を逸（そ）らしながら答えた。ちゃんとしたことは解らないが、多分この考えで合っている気がした。腕の中のルークスが、意思表示をするようにキュイキュイと鳴いていたので。

オリバーとお嬢さん――エリーゼの顔が、物凄く胡乱げに一人と一匹を見ていた。悠利達の評判を知らない彼らには、今一つ信じられなかったのだろう。申し訳ない話である。

「あら、お掃除を手伝ってくれるの？　本当？」

「おい、メリッサ」

「だったら凄く嬉（うれ）しいわ。細部の掃除まではなかなか手が回ってないのよ。手伝ってもらえるかしら？」

「キュイ！」

「あら、良いお返事」


オリバーの声を右から左に聞きながして、メリッサはルークスと意気投合していた。お役に立てますか？　みたいに目を輝かせるルークス。ちょろりと伸ばした身体の一部で、メリッサと握手をしていた。

ルークスを腕に抱いたままの悠利は、「アレ？　これってもしかして、このままお邪魔するパターン？」と思ったが、とりあえず黙っておいた。

ただ、お嬢さんの護衛中の二人の邪魔になるのではと心配になったので、ちらりと視線を向ける。バルロイはいつも通りの笑顔だった。何も気にしていない。アルシェットの方は肩を竦めていたが、特にお咎めはなかった。護衛組は問題ないらしい。

問題があるとしたら、オリバーとエリーゼだろう。突然湧いて出た謎の少年とその従魔が自分達の領域に入ってくるのだ。警戒されても仕方ない。

メリッサはルークスと二人で会話をしているし、護衛組は特に何も言わない。なので悠利は、とりあえず、オリバーとエリーゼに向けて頭を下げて、こう言った。

「初めまして、僕はユーリと言います。こちらのルーちゃんと一緒にお家のお掃除をさせてもらえると嬉しいです」

ルークスがやる気満々なので、その邪魔をしたくなかった主人心である。メリッサが喜んでいるのもあって、水を差したくなかったのだ。

しかし、今の悠利の台詞は、若干ズレていた。アルシェットがぱたぱたと手を振りながら「ユーリ、多分ちょっと違うで」と優しいツッコミを口にしていたが、届かなかった。

その代わり、エリーゼが叫んだ。割と真剣に。

「貴方、突然現れて何を言っていますの⁉」

とても正しい意見だった。しかし、当人は他に何を言えば良いのか解らなかったので、首を傾げる。そして、ハッとしたように再び口を開いた。

「すみません、どこの誰か解らないのってダメでしたよね。僕、《真紅の山猫（スカーレット・リンクス）》で家事担当をしている者です」

「聞いてませんわよ⁉」

「この子は僕の従魔のルークスです。特技はお掃除で、特に水回りの掃除が得意です」

「ですから、聞いてませんわ！」

「メリッサさんにお誘いを受けたので、是非ともお掃除を手伝わせてください」

「貴方、私の話を聞いていますの⁉」

深々とお辞儀をする悠利に、エリーゼのツッコミが炸裂（さくれつ）する。お嬢さん、落ち着いてとアルシェットが彼女を宥（なだ）めにかかる。悠利に全然言いたいことが通じなかったエリーゼは、アルシェットに半泣きになりながら愚痴っていた。彼女は何も悪くない。

言うべきことはちゃんと伝えたと思っている悠利は、そんなエリーゼに困った顔をした。何でそこまで怒ってるのかなぁ？　みたいな顔だ。きちんと自己紹介をしたのになぁ、と。

「エリーゼ、そんなに怒らないの。良いじゃないか。色んな人に知り合うの、エリーゼの目的でもあるんだし」

「メリッサ、でも」

「悪い子じゃないし、それにほら、スライムと身近に接するなんて貴重な経験よ？」

「……メリッサが馴染みすぎなのですわ」

ほらほら、可愛いじゃないとルークスを抱き上げてメリッサが笑う。そのまま、ルークスを室内に入れてしまう。

「玄関を開けるわ。回ってちょうだい」

「はい」

ウインクをするメリッサに促され、悠利はとことこと玄関に向かう。メリッサに抱えられたルークスは、そのまま屋内から玄関に向かうことになった。

悠利の背中を追ってのんびりと歩きながら、アルシェットが一言呟いた。

「ユーリがおると何かが起こるて、ホンマやったんやなぁ……」

しみじみとした呟きだった。《真紅の山猫》の面々がまことしやかに告げる言葉が本当だったと、アルシェットとバルロイは理解したのだ。

そんな二人に、悠利は唇を尖らせて反論した。

「今回は、僕じゃなくてルーちゃんですよ。ルーちゃん」

「同じようなもんやないか。アンタらいつも一緒やねんし」

「うー……」

否定出来ない悠利だった。確かに、いつも一緒に行動している。別行動を取るのはアジトにいるときぐらいなので、余所に行くとき、つまりは外出して何かが起きるときは大抵一緒だ。現実は世知辛い。

玄関に辿り着くと、ルークスを腕に抱いたメリッサが既に待っていた。にこやかに微笑む女性に、悠利は改めてぺこりと頭を下げた。

「お邪魔します」

「はい、いらっしゃい。お掃除のお手伝い、ありがとう」

「頑張ります」

満面の笑みを浮かべる悠利の背後で、何か違うとぼやいたアルシェットと、いつも通り笑顔のバルロイだった。

そんなわけで、新しい知り合いのお家でお手伝いに勤しむことになる悠利達なのでした。まぁ、今日は特に予定がないので、きっと大丈夫です。

◇◇◇

「それにしても、貴方は本当に器用ですわね……」

「そう？」

「えぇ」

感心したように少女エリーゼに言われて、悠利は首を傾げた。彼らが今行っているのは、衣類の修繕だ。この家に住む面々のものなのだが、お手伝いのついでとして悠利がやっている。

掃除に関しては、結局ルークスが一人で張り切った。アジトよりも小さな家なので、これぐらいなら自分一人で大丈夫だと言わんばかりの張り切りっぷりだったのだ。誰かが手伝おうとすると、ダメと言いたげに妨害するレベルで。

　そんなわけで悠利は、エリーゼやメリッサと一緒に、他の作業をしていた。メリッサの内職の手伝いだったり、家事に含まれる雑用だったり様々だ。そのいずれも、エリーゼは慣れないのか四苦八苦していた。

　対して悠利は、いつもアジトでやっていることの延長線上みたいなものなので、特に困らない。メリッサにも物凄く感謝された。当人は普通のつもりだが。

「私も、もっと色々と出来るようにならないといけませんわね」

「んー、一人で全部出来るようにならなくても良いと思うけど？」

「ですが、私は本当に、何も、出来ませんもの」

　ぽつり、とエリーゼが呟く。その声には随分と実感がこもっていた。何やら思うところがあるらしい。

　エリーゼは、お嬢様だ。貴族ではないが、様々な事業を手がける大富豪の一人娘。娘の身を案じて、両親がフットワークの軽い護衛を付けたというのが、今回のアルシェットとバルロイの仕事らしい。元々、家に仕える護衛はいたらしいが、彼女が彼らを撒くことを覚えたのだという。

　エリーゼに言わせれば、家の護衛達は息が詰まるのだ。お嬢様、お嬢様と彼女を扱う彼らの存在が、彼女にとっては重荷になっている。

　幼い頃から習い事ばかりの日々で、最近になって息が詰まりそうだと思った彼女は度々家を飛び出した。家出というほどではない。外出だ。ただ、普段は行かないような場所へと足を運ぶのが、楽しかったのだという。

　その過程で、自分が買い物の一つも満足に出来ないことをエリーゼは知った。困っていたところを助けてくれたのが、メリッサとオリバーだった。

「習い事をしていたところで、日々の生活には何も役立ちませんわ。私は、身の回りのこと一つ、満足に出来ませんもの」

「習い事を今までちゃんとやって来たことも、十分凄いと僕は思うよ？」

「そうでしょうか？」

「そりゃそうだよ。続けるって大変だよ？」

　チクチクと衣類の修繕をしながら、悠利は言う。手元から時々目を離しても失敗しないのは見事だ。これだって、技能レベルが高いというのもあるが、元の世界で悠利がちまちまやってきた成果である。地道に続けてきたからこその、慣れとか上達とかがちゃんとある。

　それと同じで、膨大な量の習い事を幼少時からしっかりと続けてきたというのは、普通に凄いことだ。遊びたいと思うこともあるだろうに、彼女は近年まで、それらをしっかりと続けてきたのだ。その真面目さ、一生懸命さは、賞賛に値する。少なくとも、悠利はそう思った。

「エリーゼは、何で自分には何も出来ないとか、自分はダメだとか思うの？」

「え？」

「しっかりしてるし、所作は綺麗だし、少し話せば知識も沢山あるのが解るよ。君は凄く素敵な子なのに、どうしてそんなに自分を認められないの？」

「……私、は」

唇を噛みしめるエリーゼに、悠利は首を傾げた。悠利の目から見て、エリーゼは可愛らしくて努力家の少女だ。育ちの良さを感じさせる上品さと、自分の非を認めることの出来る柔軟さがある。幼い頃から習い事で培った知識や教養は、見事なものだ。

それなのに彼女は、自分自身の価値を低く見積もっている。何も出来ない小娘だと。

「だから言ってるじゃない、エリーゼ。貴方の育った環境で、私達と同じようになる必要はないって」

「メリッサ、でも、私は」

「エリーゼはエリーゼ。私達は私達。比べる必要はどこにもないのよ」

「……はい」

言い淀んだエリーゼを宥めるように口を挟んだのはメリッサだった。彼女に諭されて、エリーゼは少しだけ表情を和らげた。それでもまだ、思うところはあるようだったが。

メリッサの言う環境の違いは、単純に大富豪のご令嬢と庶民というのではない。メリッサとオリバーは孤児院出身者だ。

この家は、孤児院を卒業した仲間達のうち、まだ生活基盤が完全に整っていない面々が共同生活をする場所になる。生活費や維持費には、既に独り立ちしている兄弟分達からの援助もあるのだという。自助努力の共同体だ。

王都にある孤児院は教会の主導で運営され、王家や貴族、裕福な者達が寄附金を援助することで成り立っている。親のいない子供、親が育てられない子供が集められ、成人年齢である十八歳まで暮らすことが許される。

その性質上、卒業と同時に身を立てることが出来るようにと、孤児院では幼い頃から読み書き算術を教える。また、興味のある分野の職人に弟子入りさせたりして、子供達が路頭に迷わないように努めている。それらが比較的上手く回っているからこそ、この国では子供が放置されて苦しむようなことは殆どない。

大富豪のお嬢様であるエリーゼとは、育った環境があまりにも違う。手に職を付け、己で生きる術を見出さなければ明日の食い扶持も稼げない。生きる為に自分が出来ることを探す。そういう環境で、メリッサもオリバーも育った。

その割に悲愴感がないのは孤児院の運営が上手くいっているからなのだろう。誰かがつまずいたとき、孤児院で共に育った兄弟達が助けてくれる安心感もあるのだという。親のいない彼らだが、だからこそ兄弟を何より大切にするようにと教わって育つのだ。

「それにしても、エリーゼがこんなに早く打ち解けるなんて、貴方凄いわね」

「そうですか?」

「ええ。やっぱり、年が近いと話しやすいのかしら」

「……」

にこにこと笑うメリッサと、照れたようにそっぽを向くエリーゼ。その二人を見て、悠利は首をこてんと傾げる。素朴な疑問が口をついた。

「僕、エリーゼよりメリッサさんとの方が年が近いですよ」

「え⁉」

「はい⁉」

「僕、十七歳です」

「「えぇぇぇぇぇぇ⁉」」

「何もそこまで驚かなくても……」

二人の勘違いを悠利が訂正した瞬間、二人が声を揃えて絶叫した。悠利の童顔とぽやぽやオーラは今日も健在だった。後、日本人は西洋風世界では幼く見えるのもあるだろう。

僕別にそこまで子供じゃないですしー、と暢気に呟きながら裁縫に勤しむ悠利。エリーゼは驚愕に目を見開いたまま、ぼけぼけした悠利を見ている。穴が空くほど見ている。余程信じられないらしい。

メリッサの方も同じで、上から下までじっくりと悠利を眺めて、真剣に考え込んでいた。口には出さないが、顔が物凄く現実を疑っている。

「まぁ、ユーリは幼く見えるしなぁ」

「アルシェットさん、お帰りなさい。バルロイさんは？」

「オリバーと一緒に力仕事しとるで。何やあの二人、意気投合したみたいや」

「何となく、雰囲気似てますもんね」

「能天気な感じがな」

「あはははは……」

ひょっこりと顔を出したのはアルシェット。護衛のお仕事中とはいえ、四六時中べったりくっついていてはエリーゼの負担だろうということで、適当に時間を潰していたのだ。後、護衛として間取りの確認などもしていたらしい。

その過程で、オリバーとバルロイは仲良くなったらしい。丁度良いからと、力仕事を二人で仲良くやっているそうだ。護衛の仕事はどうしたと言いたいが、気配に聡いバルロイのことだ。何かあればすっ飛んでくるだろう。

アルシェットもそこは信頼しているのか、バルロイの別行動を別に咎めなかった。彼女にしてみればいつものことなのかもしれない。

「色々と手伝ってもらってすみません」

「いや、気にせんといて。動いてる方が、あいつも気楽やろうし」

「バルロイさん、じっとしてる方が退屈そうですもんね」

「せやねんなぁ……。体力有り余っとるさかい」

間違いなく、静かに読書とか、デスクワークとかが向いてない人種である。バルロイは身体を動かしている方が生き生きしているし、じっとしているとストレスが溜まるタイプだ。世の中には、動いている方が疲れない人もいるのである。

「貴方は私を褒めてくれましたけど、こうやって皆といると、自分が何も出来ない子供だと痛感しますのよ」

「それは僕もするよ？」

「ウチもするな」

「私もするわねぇ」

「え？」

神妙な顔で呟いたエリーゼに、悠利達はけろりと言った。ぽかんとするエリーゼに対して、気楽な口調で言葉を続ける。

「何でもかんでも出来るわけじゃないし、自分より凄い人なんていっぱいいるし、失敗したなぁって思うことなんてしょっちゅうだし」

「得手不得手もあるしなぁ。年齢が上がろうが、無理なこともあるし」

「私だって苦手なことだらけよ。だからこそ助け合ってるわけだし」

「ぁ……」

うんうんと頷き合う悠利達の姿に、エリーゼは小さく声を上げた。そんな風に誰かを頼ること、自分に欠点があると認めること、出来ない自分を許すことは、彼女には思い至らなかったらしい。

そんな風に、何もかもを抱え込まなくても良いのだが。

「エリーゼは、どうしてそんなに自信がないの？　それが反抗期の原因？」

「は、んこうき、なのでしょうか、私……」

「んー、何となく反抗期かなーって思ったんだけど、違ったらごめんね」

「違わない、と思いますわ」

悠利の言葉を、エリーゼは否定しなかった。習い事を放棄し、家にいた護衛を拒絶し、一人で街に繰り出してうろうろするのは、彼女なりの反抗期だ。今までの、大人しく親に従って、習い事を黙々とこなしていた良い子からの脱却なのかもしれない。

その根っこにある原因を、彼女は少しずつ理解していた。ここへ通ううちに、自分の知らなかった世界を知るうちに、色々と思うところがあったのだ。

「私、お父様とお母様に怒られたことがありませんの」

「へ？」

「お忙しくて、幼い頃から夕食の時間ぐらいしか会えないのが普通で、それもお仕事があれば叶わないことが多かったのですけれど」

「……う、うん」

「沢山の習い事をきちんとこなして褒められたことはあるのですけれど、良い子と言われることは多いのですけれど、……叱られたことは、ありませんのよ」

「……」

それは、叱られるようなことをエリーゼがしていないからでは？　と悠利は思ったが、とりあえず黙っておいた。彼女の話を聞くのが大事だと思ったからだ。

ぽつり、ぽつりとエリーゼは語る。仕事で忙しい両親。祖父母も同じく忙しい。沢山の事業を展開している彼女の家は、裕福ではあったが同時に皆が仕事に追われていた。幼い彼女の周りにいたのは、いつも使用人達だけ。

親の言いつけに従い、それが自分の為すべきこととエリーゼは習い事に勤しんだ。一人娘である彼女は、いずれ家の事業を受け継ぐ。両親に恥じない、相応しい跡継ぎになれるように、と。

……ちなみにこの国では、男女問わずに家の継承権は存在する。どちらかというと、長子相続に拘る家系の方が多いかもしれない。中には、血筋が確実だという理由で、女系を貫く家もある。閑話休題。

とにかく、エリーゼはひたすらに真面目に努力し続けてきた。忙しい両親を煩わせることのないように、彼らに恥じない娘であるように、と。そんな生活が十年ほど続いての、今がある。

「ある日、思いましたのよ。お父様やお母様に必要なのは優秀な跡継ぎで、私ではないのかもしれない、と」

「エリーゼ？」

「何をしても怒られませんの。我が儘を言っても、文句を言っても、あげく習い事をすっぽかしても。護衛を撒いて外へ出ても、何一つ、怒られませんでしたわ」

「……そう、なんだ」

エリーゼはぎゅっと唇を噛みしめている。彼女は怒られたかったのかなぁ、と悠利は思った。普通は褒められたいと願うのではないかと思うが、怒られたいと思う人もいる。叱ってくれるのは、きちんと自分を見てくれている証になるからだ。

何をしても、何を言っても、両親の自分への関心を引き出せた気がしなかったのだろう。だからエリーゼは、意地になっている。幸いだったのは、意地になった彼女が逃げ込んだ先がここだったことだ。メリッサもオリバーも、他の住人も善良だったので。

うーん、と悠利は小さく唸った。バルロイやアルシェットから聞いた彼女の親の雰囲気では、子供に関心がないようには思わなかった。娘に無関心で、形だけ取り繕って護衛を付けるような親ならば、二人がもう少し別の反応をしたと思うのだ。

ただ、それはあくまでも悠利の考えだし、実際に彼女の両親を知らなければ、どんなやりとりをしたかも知らない。迂闊に口は挟めない。

なので、悠利が口にしたのは至極普通のことだった。

「それ、ちゃんとご両親に言ったの？」

「え？」

「いやだから、何で怒らないのかとか、自分はどうしてほしいとか、ちゃんと伝えた、エリーゼ？」

「どういう意味、ですの？」

「あのね、大人も完璧じゃないから。親だって完璧じゃないよ。子供のことを愛していても、子供が本当にしてほしいことがちゃんと解ってない親だって、いっぱいいるよ。良かれと思って逆のことをしてるとかも」

悠利の言葉に、アルシェットとメリッサはうんうんと頷いている。親だから、大人だから、子供の言いたいことを全部理解出来るなんて妄信だ。

そしてまた、子供の方にも責任はある。子供である前に一人の人間だ。思っていることは口にしなければ、伝わらない。そもそも、言葉にしたところで完璧に伝わるとは限らないのだから。

「エリーゼが抱えてる思い、全部ちゃんと伝えてからだよ。伝えて、それでもご両親が君の思いを解ってくれないなら、そのときは怒って良いと思うけど」

「……伝える」

「話し合いって大事だよねぇ。何かお互いに勘違いしてすれ違うとか、よくあることだし」

困惑しているエリーゼに、悠利は一人満足そうに頷いている。使用人に囲まれて育ったお嬢様であるエリーゼには、コミュニケーションが足りていないのではと思ったのだ。何せ、使用人達は主であるエリーゼの顔色をうかがい、先回りして生きてくれる。彼女が何も言わずとも察してくれるのだ。

親子の間で発生するこのすれ違い、どちらも悪くないパターンも往々にしてある。子供は親が何故解ってくれないのか理解出来ず、自分は愛されていないのだと思う。親の方は、子供を理解して愛を込めて接しているつもりなので、子供の鬱屈に気付かない。何となくだが、エリーゼの事情もそれのような気が悠利にはした。

「ねぇ、エリーゼ」

「何かしら、メリッサ」

「一度、きちんと話し合ってみたら？　側にいるのだから、話し合うのも大切よ」

「……ぁ」

親のいない環境で育ったメリッサの言葉には、重みがあった。彼女は決してそんな風には言っていないだろうが、受け止める側のエリーゼには重いものだった。だからエリーゼは、困ったように視線を彷徨わせた後、こくりと頷いた。

とりあえず丸く収まりそうだなーと思った悠利は、にこにこしていた。話し合いの結果がどうなるかは知らない。けれど、一歩前進したような気がするのだ。

アルシェットも同感だったのだろう。良い感じにアシストをした悠利の頭を、ぽんぽんと撫でてくれた。……種族柄、成人していても小柄なアルシェットなので、ちょっと背伸びをする感じになっているのはご愛敬だ。

「アルシェットさん的には、大丈夫だと思います？」

「大丈夫やと思ってる」

「なら、良かったです」

エリーゼに聞こえないようにこそこそと言葉を交わし、悠利とアルシェットは小さく笑った。何となく密談のような気分でちょっと面白いと思うのだった。


その後、張り切りまくったルークスが家中をぴかぴかに掃除し終わる頃、そろそろ家に戻った方が良いだろうとエリーゼが帰路についた。流れで悠利も一緒に行動している。

何やかんやで親しくなったので、エリーゼと悠利、ルークスは並んで喋りながら歩いている。護衛のバルロイとアルシェットは、来たときと同じように距離を取っていた。エリーゼを気遣ってのことらしい。

エリーゼを家まで送り届ければ、悠利もアジトに戻る。そんなのんびりとした帰路で異変が起こったのは、人通りの多い通りにさしかかったときだった。

「それじゃあ、家に戻ったらご両親に話をしてみるんだね？」

「ええ。いつまでも拗ねていては、子供みたいですものね」

「いや、僕らまだ子供だけどね」

並んで歩き、談笑をする悠利とエリーゼ。十三歳は立派に子供だと思うよと律儀にツッコミを入れる悠利に、エリーゼはころころと笑った。そうやって笑うと、とても愛らしい。

そのとき、不意に何かが悠利の視界を掠めた。何だろうと思う間もなく、それが伸びてきた人の腕で、エリーゼの身体を掴んだのが見えた。同時に、警戒色である赤が広がる。

「きゃあ……！」

「エリーゼ！」

太い腕に捕まったエリーゼの身体が、悠利の側から離される。マズいと名を呼んで手を伸ばすが、届かない。悠利に対する悪意ではなかったので反応が遅れたルークスが、慌てたように小さく跳ねる。

このままではエリーゼが危ないと思った瞬間、一陣の風が吹き抜けた。……ように、悠利には思えた。実際、風がぶわっと舞い上がったような感じだった。何かが、凄い速さで傍らを通り抜けたのだ。

次いで、どごっという物騒な音と、何かの倒れる音が響く。驚愕に目を見開く悠利の視界には、エリーゼを捕らえていた男を蹴った後にそのまま踏みつけているバルロイと、彼の腕に抱えられているエリーゼの姿。先ほど通り抜けたのは、バルロイだった。

ぽかんとしている悠利の耳に、低く落ち着いた声が届いた。

「アル、ルークス、二人を頼む」

「どないした？」

「他にも仲間がいる。とりあえず捕まえてくる」

「解った」

駆けつけたアルシェットにエリーゼを託し、悠利の足元で臨戦態勢を整えたルークスに声をかけ、バルロイは人混みを飛び越えていった。こちらへ視線を寄越したときの表情は、普段の彼とは打って変わってキリリとした、静かな闘志を湛えたものだった。

バルロイが念入りに踏みつけていた男は、完全に気絶している。ルークスはそれを確認した上で、ぐるりと伸ばした身体の一部を巻き付けて拘束している。衝撃からまだ立ち直れていないエリーゼは、アルシェットが抱き締めて宥めていた。

そんなアルシェットに、悠利は震える声で問いかけた。問いかけてしまった。

「アルシェットさん、アレ、誰ですか」

「ウチの相棒」

「別人が憑依してるとかじゃないんですか⁉　表情も声音も、全然違うんですけど！」

「戦闘時限定の、当社比五割増しぐらいで男前なバルロイや。見られて良かったな」

「五割増しどころじゃないですよね⁉　八割増しぐらいじゃないですか⁉」

「……アンタ、何気にひどいな」

　魂の叫びとでも言いたげな感じに叫んだ悠利に、アルシェットは呆れた顔をした。なお、悠利に悪意はない。ただ、純粋に物凄く驚いただけである。

　驚くと同時に、悠利は理解した。これが、皆が言っていた「戦闘時限定の格好良いバルロイ」なのだと。

　これなら確かに、助けたお嬢さんに一目惚れされるのも解る。戦闘のときは頼りになると皆が口を揃えるのも解る。普段の、お肉大好きお兄さんとは思えないほどの豹変ぶりだ。どこかにスイッチでも付いているのかと思うほどに。

「あのアホのことはどうでもえぇやろ。とりあえず、お嬢さんに怪我がなくて良かったわ」

「あ、そうですね。……ところで、目的は誘拐ですかね？」

「せやろなぁ。裕福な家は、狙われるさかい」

「理不尽ですねぇ……」

　目の前で誘拐未遂があった割に、二人ともあっけらかんとしていた。あくまでも未遂だったことが大きい。バルロイが今、仲間をとっ捕まえに行っているのもある。

　あと、悠利としては、以前に武器を持った男達に追われたことが影響している。あのときの方が差し迫った命の危険だった。それを思えば、まだちょっとマシな気がしたのだ。

　なお、別にマシではないし、これも十分ダメな案件である。

「エリーゼ、大丈夫？　痛いところとかない？」

「痛みは、ありません、けど」

「けど？」

「こ、こわ、こわか……ッ」

「あぁ、せやな。怖かったな。もう大丈夫や」

じわりと涙を滲ませて訴えるエリーゼを、アルシェットは抱き締める。体格の変わらない彼女なので、ハグみたいなものだが気にしてはいけない。エリーゼはアルシェットの温もりに安堵したのか、しゃくり上げながら泣いていた。

周囲の人々がざわざわしているが、そんなことは気にしない。大事なのは、こっちである。

そうこうしていると、バルロイがぶんぶんと片手を振って戻ってきた。逆の手には、どこに持っていたのか縄でまとめて括った数人の男達を引きずっている。ずりずりと男達を引きずりながら歩いてくるバルロイの表情は、もういつものそれだった。

「アルー、確認した範囲は全部捕まえてきたぞー！」

「大声出すなや。ほな、衛兵のとこに突き出そか」

「おー」

褒めて褒めてと言いたげなノリで戻ってくるバルロイ。尻尾をぶんぶんと振っている。獲物を捕まえた犬ってこういう反応するよねぇと遠い目をする悠利。さっきの格好良いお兄さんはもういなかった。実に儚い命である。

引きずってきた男達を、バルロイはルークスに引き渡す。出来るスライムは心得ているので、最初の男と一緒に全員まとめて縛り上げた。そしてそのまま、少しだけ地面から浮かせておく。引きずらずに運ぶのもお手の物だ。

「あ、そうだユーリ」

「はい？」

「他に仲間がいないか、鑑定で確認してみてくれないか？　こう、危ない反応の奴がいるかどうか、みたいな」

「解りました」

バルロイに言われて、悠利はくるりと周囲を見渡す。【神の瞳】さんは万能なので、基本的に自動判定でヤバい奴を教えてくれる凄い技能である。凄いというか、もう完全に壊れ性能だ。

周囲を満遍なく見渡したが、特に反応はなかった。赤判定が出ているのは、ルークスが捕まえている男達だけのようだ。

「そこの人達以外は、特に赤くないです」

「そうか。よーし、それならさっさと衛兵のところに行こうー」

能天気なバルロイの言葉に、悠利はあははと笑った。先ほどまで大捕物を繰り広げた人物とは思えない。あっけらかんとしたバルロイの姿だ。

「ユーリ、ルークス、悪いけどこいつら突き出すまで付き合ってもろてぇえか？」

「大丈夫ですよ。ね、ルーちゃん？」

「キュピ！」

エリーゼを守るのは反応が遅れたので失敗したルークスは、誘拐犯の護送を任されて張り切っていた。悠利の問いかけに、キリッとした瞳で答える程度には、やる気満々だ。

愛らしいスライムが、複数の男達を伸ばした身体の一部で縛り上げているという、大変シュールな構図を無視すれば、実に微笑ましい。周囲が変なものを見る顔をしているが、気にしてはいけない。

また、その一部が悠利とルークスの姿を両方確認して、何故か納得したように頷いているのも気にしてはいけない。そう、全ては今更なのだ。

悠利は気にしていないので、アルシェットに抱き締められたままのエリーゼの手をそっと握る。少女の手は恐怖と緊張から冷えていた。

「エリーゼ、大丈夫だよ。怖い人からは、バルロイさん達が守ってくれるからね」

「……っ、ユーリ」

「一緒に詰め所までついて行くよ。それで、二人が説明とかしてる間は、一緒に待っててあげるから」

「……ありがとう」

「どういたしまして」

今日出会ったばかりなのにどうしてと言いたげなエリーゼに、悠利は何も言わなかった。知り合ったばかりであろうが何だろうが、友達は友達だ。ましてや、怯えて泣いている女の子を残して家に帰れるほど、悠利は薄情ではない。

詳しい説明や各所への連絡などは、大人に任せれば良い。なので悠利は、自分とルークスはエリーゼの気持ちを落ち着かせる為に側にいれば良いよね、と思っていた。

衛兵の詰め所への道すがら、悠利とアルシェットはエリーゼと手を繋いで歩いた。そんなことで彼女の不安が拭えるならば、何の負担でもなかったので。

その後、衛兵に誘拐犯を引き渡し、エリーゼの実家へと連絡を入れ、諸々の手続きはアルシェットが主体となって進められた。悠利はエリーゼとのんびり待合室で過ごしただけだ。ただ、血相を変えて飛び込んできたエリーゼの両親が、娘の無事を心から喜んでいる姿を見られて良かったなぁと思った。

両親に心配されていると気付いたエリーゼなら、きちんと胸の内を話せるだろう。そうして親子の間のわだかまりがなくなれば良いなぁと思う悠利だった。

なお、後日エリーゼからは両親と和解出来たという報告があり、悠利達は胸をなで下ろすのでした。

料理というのは、実はとても難しい部分のあるものである。そのことを、悠利は今、再確認していた。

常日頃、彼は何の苦もなく料理をしていた。一緒に料理をする見習い組の面々も、腕を上げているので困ることはなかった。だから悠利は、「生まれて初めて料理をする人」がどれほど危なっかしいかを、今、やっと、思い出したのだ。

　何せ、自分が初めてのときがどうだったかなんて、覚えていない。悠利が料理らしきことを始めたのは小学校に入るまえだったので、記憶が思いっきりあやふやなのだ。

　悠利の目の前では、皮剥き器片手にジャガイモと格闘している少女が一人。包丁での皮剥きは無理だろうからと皮剥き器を手渡したのだが、まさかのそっちでもまだ大変そうだという現実だった。

　そもそも、台所に立ったことのないお嬢様を舐めていた悠利が、悪いのかもしれない。

「エリーゼ、そこまで力を入れなくても大丈夫だよ。後、ゆっくりで良いからね？」

「わ、解っていますわ。ただ、ちょっと形が不揃いで、やりにくいだけです」

「うん、凸凹したところはやりにくいよね。そういうところは僕が包丁で調整するから、無理のない範囲で皮剥きしてくれれば良いよ？」

「……解りましたわ」

　悠利に言われて、エリーゼはこくりと頷いた。大真面目な顔だった。料理を真面目に頑張るのは良いことだ。ただ、必要以上に気合いが入っているのもどうなんだろうと思うだけで。

「二人とも、大丈夫？　手伝いはいらない？」

「あ、メリッサさん。大丈夫ですよ。まだ時間はありますし、ゆっくりやりますから」

「そう？　それじゃあ私は、部屋の準備をしてくるわね」

「お願いします」

ひょいと顔を覗かせたメリッサに、悠利は笑顔で答えた。エリーゼは答える余裕がなかった。お嬢様は生まれて初めてのジャガイモの皮剥きで格闘中なのだ。

悠利がエリーゼと一緒に料理をしているのは、オリバーとメリッサが暮らす家である。完全に余所様のお宅だ。そこで二人が料理をしているのは、エリーゼの手料理を彼女の両親に食べさせる為だ。

それならばエリーゼの家でやれば良いのだが、今日は料理を食べてもらうのと同時に、彼女が世話になったオリバーとメリッサを紹介するという理由もあった。

誘拐未遂事件の後、エリーゼは両親ときちんと話し合えた。誤解も解けた。

両親はエリーゼに興味がないわけではなかったのだ。大量の習い事は彼女がいずれ何かをしたいと思ったときに、様々な選択肢が選べるようにと思ったから。彼女が大人しく従うのを止めたときにも、家に縛るのではなく自由に生きてほしいという思いから特に咎めなかった。

基本的に、両親の行動は全部エリーゼを思ってだったが、致命的に意思の疎通が図れていなかった為に大いにすれ違っていただけだった。

それが解ってからは、エリーゼも両親に無駄な反感を抱くことはなくなった。自分が愛されていると解れば、居場所がきちんとあるような気持ちで心が落ち着いたのだろう。今では、習い事もきちんと続けている。

ただ、家にいては知ることの出来ない外の世界、ごく普通の庶民の生活を知る為にも、定期的にメリッサ達の下を訪ねるのは続けていた。

そして、契約期間がまだ残っているという理由でバルロイとアルシェットが護衛をしているので、時々悠利も呼ばれる。エリーゼにとって悠利は、友人枠になるらしい。

そんな中でエリーゼが料理をしてみたいと言い出した。悠利やメリッサ、オリバーが作る料理を食べるだけだったので、自分もやってみたいのだと。そして、出来ればそれを両親に振る舞いたい、と。

エリーゼの両親に出せるような料理は知らないと、悠利もメリッサも最初は首を横に振った。ここでエリーゼと一緒に料理をして、一緒に食べるだけならハードルは下がる。そもそも、普通の庶民料理しか出していないのだから。

しかし、エリーゼの両親となると、話が違う。貴族にも顔が利く大富豪様である。そんな方々に食べてもらえるような料理を、悠利は知らない。悠利は生まれも育ちも一般市民である。

メリッサも同じくだ。そもそも、自分達が日常生活を過ごせる範囲で家事が出来るというだけであって、料理人でも何でもない。親しい友人に提供するだけならともかく、偉い人とかお金持ちとかに出せる料理なんて知らないのだ。

そんな二人を、エリーゼが必死に説得した。自分は、豪華な料理を作りたいわけではない、と。自分がここで、どんな風に過ごして、どんな風に成長したのかを両親に見てもらいたいだけだ、と。その為の料理を一緒に作ってほしい、と。

結局、エリーゼの熱意に負けて悠利達は折れた。メリッサとオリバーは場所を提供することを了承し、エリーゼと共に料理をするのは料理の腕前の関係で悠利に軍配が上がった。

そんなこんなで今、悠利は料理初心者どころか、生まれて初めて料理をするというエリーゼと一緒に、簡単な軽食を作っている。ジャガイモはその材料だ。

「皮をきちんと剥いて、芽があったらそれも取り除いて、それから……」

「エリーゼ、エリーゼ、そんな真剣にジャガイモを見なくて良いから。怪我しないようにだけ気を付けてくれたら大丈夫だから」

「で、でも、皮剥きは大切ですし、芽は毒だと言ったではありませんか……！」

「言ったけどー、握りつぶしそうにジャガイモを持たなくて良いし、皮剥き器をそんな力一杯押し付けなくても皮は剥けます」

「……はい」

元々の性格が真面目だからか、エリーゼは一生懸命だった。初めての料理なので緊張しているのもあるだろう。それでも、悠利の言葉に素直に耳を傾けてくれるので、今のところ特に困ってはいない。

二人でせっせとジャガイモの皮剥きをし（皮剥き器のエリーゼより包丁の悠利の方が倍以上速いのだが気にしてはいけない）、人数分のジャガイモを確保した。食べるのは作っている悠利とエリーゼ、家主のオリバーとメリッサ（他の住人達は仕事に出掛けていていない）、エリーゼの両親。……そして、護衛のアルシェットとバルロイだ。

最初にこの話が出たとき、この二人が護衛の日をエリーゼは選んだ。悠利と顔見知りの二人の方が良いという判断だったのだろう。しかし、その為に問題が一つ発生した。

そう、悠利のご飯大好きなバルロイさんである！

お仕事中はそれなりに頼りになる男だが、彼は胃袋に正直な男だった。悠利の料理に完全に胃袋を掴まれているので、自分も食べたいと必死に訴えたのだ。護衛の仕事中になるのに。

アルシェットが怒っても聞いていなかった。悠利が宥めてもダメだった。そして、エリーゼがそれを快諾してしまったので、バルロイ達も一緒に食べることが決まったのだ。

エリーゼにしてみれば、バルロイとアルシェットは恩人だ。護衛の仕事だったからと二人は言うが、彼女にとっては助けてくれた人である。その二人にお礼も兼ねて手料理を振る舞いたかったらしい。

お嬢さんの思いは素晴らしい。感謝を示せるのは良いことだし、その願いを叶えてあげたいと悠利だって思う。思うが、悠利はバルロイの胃袋の大きさを知っているのだ。どう考えても準備が大変すぎる。

料理初心者のエリーゼと二人で作るので、そこまで大量には作れない。そう事情を説明して、バルロイには満足するまで食べることは出来ないからと念を押した。アルシェットと二人で押した。もしも他の人の分に手を出したら、二度とご飯を作らないと伝えた。なのでまぁ、多分、脳筋狼が暴走することはないだろう。多分。

「結構な量ですわね……」

「頑張って剥いたね」

「これを、どうしますの？」

「このスライサーで千切りにするよ。頑張ろうね！」

「はい！」

ちゃっと悠利が取り出したのは、アジトから持ってきた千切り用のスライサーだ。これを使えば、簡単にジャガイモを千切りに出来る。大変便利なアイテムである。

手が滑らないように注意して、ジャガイモをスライサーを使って千切りにしていく。数が数なので、二人で黙々と頑張る作業だ。なお、最後までスライサーで切るのは危ないので、小さな破片は悠利が包丁で切る。怪我をしては元も子もないので。

ボウルにたっぷりとジャガイモの千切りを作ったら、次の具だ。

「それじゃ、ベーコンを切るよ。包丁は危ないから、気を付けてね」

「は、はい……！」

ブロック状のベーコンを、まずはほどよい大きさにスライスする。そしてそれを、あまり分厚くない程度の千切りにしていく。まずは悠利が見本で少量を切り、続いてエリーゼが挑戦する。生まれて初めて包丁を握るお嬢さんは、真剣だった。

「左手でベーコンが動かないように押さえて、ゆっくり包丁を下ろせば良いからね。左手は指先を丸めて、第二関節より前に指先が出ないように気を付けて」

悠利に言われて、エリーゼは左手の形に気を付ける。いわゆる猫の手なのだが、猫の手と言って通じるか解らなかったので、こんな説明になっている。

まずは左手でしっかりとベーコンを押さえ、続いて包丁をベーコンの上に載せる。無理に素早く包丁を動かす必要はない。切りたい場所に押し当てるように刃先を埋め、そしてゆっくりと引く。とてもゆっくりだったが、ベーコンは切れた。

「切れましたわ……！」

「うん、上手。包丁は慌てると怪我をして危ないから、ゆっくり切ってね」

「えぇ！」

自分にも切れたと顔を輝かせるエリーゼ。そんな彼女に大丈夫だろうと判断して、悠利は残りのベーコンを切っていく。エリーゼに任せた分はほんの一部だが、その一部でも自分で出来ることを彼女は喜んでいた。

そう、焦ることはない。初めて包丁を握ったのだ。丁寧に、真面目に、一生懸命に。決して焦らずに、言われたとおりに怪我に気を付けて。ただそれだけで、今日のエリーゼは満点だ。

二人で協力して切ったベーコンは、ジャガイモのボウルへ放り込み、よく混ぜる。今日作るのはジャガイモとベーコンのガレット。シンプルに、ベーコンとジャガイモの味を堪能するので、特にこの段階で調味料は入れない。焼き上がったときに、各々で調整して貰う予定だ。

「これで、下準備はおしまい」

「これだけですの？」

「うん。後は焼くだけだよ」

料理初心者のエリーゼと共に作る料理ということで、悠利は比較的簡単なものを選んだ。簡単だけど、見目はそこそこの料理、という感じだろうか。

ちなみに、最大のポイントは特に調味料を必要としないところだ。初心者が失敗しやすいのは、やはり味付けとか火を入れることだと思う悠利だった。……別に、どこかの誰かを思い出したわけではありません。あくまでも一般論のお話です。

「フライパンに油を引いて、少し熱してからジャガイモとベーコンを入れます」

「はい」

「油が跳ねて怖いかもしれないけど、落ち着いてやれば大丈夫だからね」

「……はい」

フライパンが温まったのを確認したら、おたまで掬ったジャガイモとベーコンを中へ入れる。おたまのお尻で平らに整えたら、火が通るのを待つ。

悠利の隣で、エリーゼも真剣な顔でフライパンと向き合っている。入れた瞬間にバチバチいう音にびっくりしてはいたが、慌てず騒がず、ジャガイモの形を整える。火を使うときに一番大切なのは慌てないことなので、それが出来ているエリーゼは及第点だ。

「ジャガイモの端っこが半透明になってきたら火が通ってきた証拠。フライ返しを使ってひっくり返します」

「はい……。……出来ましたわ！」

「うん、上手。そうしたら、フライ返しの背中でちょっと押さえてしっかり焼けるようにして、また待ちます」

「解りましたわ」

ジャガイモとベーコンの焼ける香ばしい匂いがする。なお、繋ぎを何も入れていないが、ジャガイモのデンプンだけで固まるので問題ない。

「あ、私の、ユーリのに比べたら色が薄いような気がするのですけれど」

「あぁ、そうだね。気になるようなら、後でもう一度ひっくり返して焼けば良いよ」

「そうしてもよろしいの？」

「うん。大事なのはちゃんと火を通すことだから」

不安そうなエリーゼに、悠利はあっさりと答えた。そう、別にどちらが裏でどちらが表と決まっているわけでもない。こんがり焼き色が付いている方が美味しそうだし、中までちゃんと火を通すのは大切だ。焼けていなければ焼けば良いだけである。

焼き上がったらフライパンから取り出して、器に盛りつける。これだけである。

「出来ましたわ……」

「上手に出来たねー。それじゃ、味見しようね」

「は、はい……！」

エリーゼが焼いた方のガレットをまな板の上に載せると、悠利は食べやすいサイズに切り分ける。それを二人で摘まんだ。ひっくり返しやすいようにと小さいサイズで作ったので、そこまでお腹は膨れない。

表面はカリッとしているが、中身はもっちりしている。ジャガイモのデンプンのおかげだろう。一先ず何も付けずに食べたが、ベーコンの旨味が口の中に充満する。ジャガイモの風味もあいまって、シンプルだが美味しい。

「美味しいですわ……」

生まれて初めて自分で作った料理が、きちんと美味しく仕上がっていたことにエリーゼは感動していた。まあ、隣で悠利が逐一確認をしていたし、特に難しい作業はなかったのだが。

それでも、初めての料理だ。それが美味しく作れたというのは、彼女にとって確かな自信になるだろう。

「うん、美味しいね。味が薄かったら、胡椒とかケチャップとか、塩、醤油とかを好きにかければ良いと思うよ」

「私はこのままが好きですわ」

「そっか。それじゃ、残りも頑張って焼こうね」

「はい！」

元気いっぱいに返事をするエリーゼと二人、悠利はせっせとガレットを焼いた。食べやすい大きさというよりは、エリーゼがひっくり返しやすい大きさを目安にしているので、ちょっと小振りだ。しかし、逆にその大きさなので、お代わりを好きにしてもらうのには向いている気がした。

そうやって二人でガレットを焼いて、そこそこ準備が出来た頃に玄関の呼び鈴が鳴った。ハッとしたような顔をするエリーゼに、悠利は笑う。

「お迎え行ってきて良いよ」

「ありがとう、ユーリ」

「ううん。行ってらっしゃい」

ぺこりと頭を下げると、エリーゼはぱたぱたと走っていった。エプロンを着けたまま走っていくお嬢さんの姿は、実に愛らしい。彼女が、エプロンを着けたままだと気付くのはいつだろうとちょっと思った。

ざわざわと話し声が聞こえるが、悠利は黙々と作業を続けた。今日の悠利は裏方である。エリーゼの両親に会うつもりは、特になかった。お料理のお手伝いをしただけだし、顔を合わせる理由も特にないと思っているので。

「ユーリ、配膳(はいぜん)手伝おうか？」

「アルシェットさん。お皿に盛りつけてあるので、運んでもらって良いですか？　僕、まだ焼いてるんで」

「解った」

「ユーリ、俺も手伝うぞ」

「よろしくお願いします」

ひょっこり姿を現したのは、アルシェットとバルロイだった。家主と客人達が集まっているので、自分達も裏方作業をやろうと思ってくれたらしい。大変ありがたい申し出だった。

普段は冒険者をやっている彼らだが、《真紅の山猫(スカーレット・リンクス)》の卒業生なので食事の準備ぐらい何のそのだ。全員、見習いを経ているので、食事当番を経験済みなのである。

なので、悠利は素直に彼らの申し出を受け入れた。アルシェットとバルロイは、人数分の料理と食器を皆のいる部屋へと運ぶ。運び終わったら、台所の片隅に置いてあるテーブルに座る。

このテーブル、普段は特に使っていないそうなのだが、台所でちょっと何かを食べたいときに使う用らしい。今日は悠利達が使わせてもらうのだ。

「お待たせしましたー。お二人の分のガレットも完成ですよー」

「ユーリの料理だ！」

「わざわざすまんなぁ、ユーリ」

「そんなに手間じゃないので大丈夫です」

ぱぁっと顔を輝かせるバルロイ。面倒をかけさせたと悠利に謝ってくれるアルシェット。

どちらの反応もらしいなぁと思いながら、悠利も二人と一緒に席に着く。

「味が薄かったら何かかけてくださいね」

「んー、匂いの感じから、このままで大丈夫な気がする」

「ユーリがこのままで良いと思ったんやったら、そのままいただくわ」

特に味付けをしていないので悠利は念の為二人に伝えたが、どちらもとりあえずはそのまま食べてみることにしたらしい。悠利に対する信頼感が半端なかった。

バルロイは大きく口を開けてほぼ一口で。アルシェットは三分の一ほどを囓った。こんがりと焼いたジャガイモの表面はカリカリで、対して中身はもっちりしている。千切りにしたジャガイモのシャキシャキ感も多少残っている。

そして、そこに存在感を添える、ベーコンだ。ガレットの外側にあったベーコンはしっかり焼かれて香ばしい。ジャガイモの中に包まれていた状態のベーコンは、熱でじっくり温められて軟らかい。どちらも美味しい。

ベーコンの脂がジャガイモに染みこんで、味を付けてくれている。ジャガイモだけでは出せない旨味だ。

「ユーリ、美味しいぞ！」

「ありがとうございます。あ、お代わりはそこの大皿です」

「解った！」

「右側の皿ですよ。左側の皿はエリーゼ達の分ですからね？」

「右だな！」

満面の笑みを浮かべるバルロイに、悠利は注意事項を伝えておく。エリーゼ達がお代わりを希望したときの為に、何枚か用意してあるのだ。そのうちの幾つかは、エリーゼが焼いたものである。

ちなみに、今別室でエリーゼ達が食べているのは、全てエリーゼが焼いたガレットだ。

多少不格好だろうが、焼き色が微妙だろうが、そんなことはどうでも良いのだ。彼らに提供するガレットは、エリーゼが作ったものを優先するのが今日の本題である。何せ、両親と友人を手料理でもてなしたいと願ったのは、他ならないエリーゼなのだから。

「これ、おやつにもおかずにもなりそうやな」

「ですねー。前はベーコン無しでチーズだけでおやつに作ったりしました」

「それも美味そう」

「アンタは大人しく食べとき」

「ん」

お代わりのガレットを頬張っていたバルロイが、悠利の何気ない発言にぱっと顔を上げた。キラキラと顔を輝かせ、食べたいとでも言い出しそうな相棒を、アルシェットは一言で黙らせた。とりあえず目の前に食べるものがあるので、バルロイも大人しく従った。

今日悠利がジャガイモとベーコンだけのガレットにしたのは、その方が簡単だと思ったからだ。チーズを載せてしまうと、焼きが甘かったときに修正するのが難しい。また、器に盛りつけるときにひっくり返ったら大惨事だ。

自分が美味しく食べるだけならば、ここに更にチーズを追加しても良かった。きっととても美味しいだろう。しかし、エリーゼが無理なく作れる料理をと思ったら、今日はチーズにご遠慮願うことになったのだ。

「それにしても、あのお嬢さんが料理をするとはなぁ」

「そんなに意外です？」

「何もせんでええ家柄の子やから、馴染みはないやろうなと思て」

「メリッサさん達と出会って、そういう普通のこともやってみたくなったみたいですよ」

「なるほどなぁ」

エリーゼの世界は、ずっと閉じた世界といえた。自分と同じような生活をしている人しか、知らなかった。親同士が知り合いとかで交流する相手は、どうしても生活レベルが似通ってくるからだ。

彼女はお嬢様で、どう足掻いたって普通の庶民にはなれない。当人がなりたいと願っても、無理だろう。けれど、それと庶民の生活を知らないことは、結びつかない。庶民の友人を持っても、別に、悪くないのだ。

生まれ育った環境も、今生きている立ち位置も、何もかもが全然違う友人。そういう人がいても別に良いと悠利は思う。悠利にだっている。悠利には考えも付かないぐらいに重い何かを背負って、それでも優しく笑う大事な友人が。

だから、エリーゼが新しい世界を知って、前向きに生きていこうとしている姿は好感が持てる。友達として、応援したくなるほどに。

「そういや、ユーリは挨拶せぇへんのか？」

「僕は特には」

「こんだけがっつり関わっとるのに」

「んー、だって、今日の主役は僕じゃないですもん。どこかで機会があればってことで」

「思いっきり興味あらへんのやな」

「ないですねー」

アルシェットの問いかけに、悠利はけろりと答える。まったくもって何一つ、興味はなかった。

例えば、エリーゼが未だに両親と拗れた状態だったら、ちょっと気になったかもしれない。双方の話を聞いて、和解の道を探っただろう。お節介なところがあるので。

しかし、その心配がない以上、悠利がエリーゼの両親と話すことは、特にない。本当にない。時々エリーゼとここで会って、一緒に過ごしているぐらいなので。

それに比べたら、エリーゼが困っていたところを助け、彼女に新しい世界を教えたメリッサやオリバーと会話をする方がよほど重要だと悠利は思う。何事も優先順位が大事です。何せ、エリーゼの両親は忙しいので。

「キュイー？」

「あ、ルーちゃんお帰り。お掃除終わった？」

「キュ！」

ここにいるのー？　みたいな感じで姿を現したのは、ルークスだった。今日もお掃除に張り切っていたルークスだ。ちょっと人間では掃除しにくいような場所も、変幻自在なスライムならばお茶の子さいさい。ルークスは今日も立派にお仕事をしていた。

なお、エリーゼの両親と突然鉢合わせしたら驚かれるだろうということで、そこは気を付けるように言い含めてある。ルークスは気にしないが、向こうは絶対に気にするので。

「キュピ？」

「え？　あぁ、生ゴミ？　処理お願いしても良い？」

「キュー！」

じぃっと大量のジャガイモの皮を見ていたルークスに、悠利はさらっとお願いを口にした。ルークスは途端に張り切って、せっせと生ゴミ処理に取りかかる。コレは自分の仕事で、ちゃんとお役に立っているぞと言いたげに嬉しそうだ。

「……アル」

「何や、バルロイ」

「やっぱり旅のお供にルークス欲しい」

「止めんかい」

大真面目な顔で告げたバルロイに、アルシェットはその背中をべしりと叩くことで答えにした。言いたいことはよく解るのだが、便利道具扱いで連れて行こうとするなという意味だ。いや、バルロイの主張はアルシェットにもよく解るのだが。

「ルーちゃんは僕の可愛いルーちゃんなので、あげませんよー？」

「うん、知ってる」

「解ってるから、安心しぃ」

「はーい」

にこにこ笑顔で釘を刺す悠利に、二人は素直に頷いた。そもそも、悠利があげると言ったところで、ルークスが頷くわけがない。自分の意思で悠利の傍らに留まり、悠利のお手伝いとして掃除やゴミ処理を頑張っているルークスなのだから。

生ゴミ処理に勤しむルークスは、そんな三人の会話に不思議そうに身体を傾けて、「キュピ？」と小さく鳴くのだった。

エリーゼの両親を迎えてのお話は恙なく進んだらしく、悠利はエリーゼから「今度は料理を手伝ってくれた友人を紹介してほしい」という彼女の両親の伝言を貰うのでした。その日がいつになるのかは、まだ未定です。

閑話二　お手製楽しいロールケーキ

「それでは、今日は皆のリクエスト通り、おやつにロールケーキを作ります」

大真面目な顔で厳かに悠利が宣言した瞬間、拍手が鳴り響いた。拍手をしているのは悠利の目の前にいる仲間達、……女性陣＋ブルックであった。

何のことはない、ただの本日のおやつ製作である。それがこんな大事になっているのは、ヘルミーネが以前口にした「ユーリの作ったロールケーキが食べたい」が発端だ。悠利はそこまでお菓子作りは得意ではないので、パティシエのルシアのようにはいかないと告げたのだが、それでも食べたいという話だった。

お菓子作りが得意ではないというよりは、道具や材料がないという方が正しいのかもしれない。アジトの台所にはそれなりに調理道具が揃っているが、それはあくまでも料理に関してだ。お菓子に必要な道具はそこまで揃っていないのである。

また、悠利が家にいたときに作っていたお菓子にしても、本格的なものではなかった。ネットのレシピやテレビのアレンジレシピを参考にして、既製品とかとても便利なホットケーキミックスとかを使っていたのだ。それらをこちらで再現するのはちょっと難しい。

それでもまぁ、ロールケーキぐらいなら何とかなった。レシピは覚えていなかったが、魔法道具と化したせいで充電切れを起こさなくなったスマホの中にレシピが残っていたのだ。ネットや通信の必要なアプリは使えないが、それ以外の機能は使えるのでこういうときは大変助かる。

そんなわけで、今日のおやつはロールケーキ。ただし、自分で作ってもらうロールケーキだ。

「生地はあらかじめ作っておいたので、皆さん自分の好きな味でロールケーキにしてください。ただ、最初はやりやすいジャムなどの方が良いと思います」

「何が難しいのー？」

「んーとね、クリームいっぱい入れたり、そこに更に果物を入れたりすると、巻きにくいんだよねぇ」

「……なるほど」

元気に挙手をして質問したレレイに、悠利はのほほんと笑って答えた。確かに納得のいく説明だった。手巻き寿司のときもそうだったが、慣れない者が大量の具材を巻こうとすると、基本的に破れるのだ。

悠利が用意したロールケーキの生地の横幅は、切り分ければ二切れか三切れ分ほどの短いものだ。縦も、具材をたっぷり入れたらくるりと一周巻けるぐらいの長さしかない。

これには一応理由があって、自分が食べたいと思った味のロールケーキを、何種類も食べられるようにとの考えだ。……人数分の生地を用意するところから皆で始めると時間がかかるので、そちらは悠利が一人で担当した。

もっと簡単な方法としては、コンビニで提供されているようなロールケーキの作り方だ。巻いてからカットすると形が崩れるとのことで、発想の転換で切り分けた生地を器にくるりと巻いて入れ、その中央にクリームやフルーツを配したアレである。多分、アレなら好きに盛れる。

しかし、それではロールケーキを作っている感じが出ない気がしたので、今回はこちらの方法だ。だって、その方法だと、別にロールケーキじゃなくてパンケーキでも良いような気がしたのだ。何か違うな、と。

まぁ、機会があれば次はそちらの方法を試せば良いだけだ。今日は皆に自分でロールケーキを巻いてもらおうと思った悠利である。

「ジャムや蜂蜜などは色々と用意しました。生クリームやカスタードクリーム、果物も準備してあります。とりあえず、巻けるかどうかやってみてから、色々試してみてください」

「ユーリ、質問がある」

「何でしょう、ブルックさん」

「一人どの程度までならば作って良いのだろうか」

そこまで大真面目な顔で言うことか？　というような台詞を口にしたのは、ブルックだった。悠利以外で唯一参加している男子枠なのだが、誰より今日を楽しみにしていたのも彼だ。その目は真剣だった。

威圧すら感じるブルックの真顔に、悠利は動じない。甘味が絡んだときのブルックのこういう顔には、慣れているので。

「……あそこの大皿が皆の分、これがレレイ、これがヘルミーネ、そしてこのお皿がブルックさんの分です」

「了解した」

「解ったー！」

「はーい！」

悠利の説明を聞いて、ブルックは静かに、けれど口元を喜びに緩めて頷いた。続く返事はレレイのもので、いつも通り元気だ。ヘルミーネも嬉しそうである。

甘味は好きだが、別に他人と競い合ってまで食べようとは思わない他の女子は、大皿にまとめてどーんと準備されている。皆で仲良く相談して、何なら作ったロールケーキもトレードして楽しんでくれるだろう。彼女達は平和だと悠利には解っている。

レレイは別に甘味に欲求があるわけではないが、単純に大食いだ。お腹が減ることが何より悲しいと言いたげな彼女なので、こうやって取り分けておいた。他人の分を取ったりはしないが、羨(うらや)ましそうな顔で食べ物を見るレレイの姿は周囲の罪悪感を刺激するので。

ヘルミーネは甘味が絡むと普段より食べるので、彼女も別皿。当人曰(いわ)く、甘味は別腹とのこと。彼女の別腹は大変大きい。女子の七不思議かもしれない。

そして、最後にブルック。元々人よりよく食べるブルックの胃袋は、かなり大きい。レレイのように騒いで食べないだけで、しれっとお代わり何回目だろう？　みたいな男である。そして彼は、大の甘味好きだ。自分で好きに作れるロールケーキなので、せめて多少は満足してもらいたいと多めに準備した悠利だった。結構頑張った。

「ユーリ」

「何、アロール」

「これ、巻き方の手順とか何かあるの？」

「自分が食べるだけだし、好きな味にしてくるくる巻いたら良いと思うよ」

「それだけ？」

「うん、それだけ。だって、お店に出すわけでも、誰かにあげるわけでもないもん」

普段お菓子作りに縁がないので質問したアロールは、悠利のあっさりとした返答に呆気にとられていた。そんなんで良いの？　と思わず呟く彼女に罪はない。

しかし、悠利としても他に言い方がなかった。何せ、ロールケーキの生地はもう普通に食べられるのだ。何なら、何も付けずにそのまま食べてもほんのり甘い。後は自分好みにカスタマイズするだけである。

勿論、これがお店で提供するものであったならば、見栄えや型崩れしないようにと手順があるだろう。しかし、あくまでもこれは自分のおやつである。小難しいことを考えるより、楽しく美味しく食べてくれれば良いと思っている悠利だった。

「それだけで良いなら、簡単ね～。何味にしようかしら～」

「あ、マリアさんには飲み物にトマトジュースを用意してあります。何なら、トマトのジャムもありますけど」

「ジュースだけいただくわぁ」

「はーい」

うきうきでジャムを物色するマリアに、悠利はにこにこ笑顔で声をかける。トマト大好きなダンピールのお姉さんは、トマトジュースに簡単に釣られた。トマトジャムには釣られなかったが。

「トマトのジャムって何？」

「トマトのジャムはトマトのジャムだよ。お店で見かけたから、マリアさん用に買ってある」

「ちなみに、ユーリが食べたことは？」

「ありません」

「食べたことないものを薦めてるの⁉」

「うーん、僕、トマトの甘さはジャムになってない甘さで良いかなーって思って」

アロールのツッコミに、悠利はのほほんとしていた。トマトが好きなマリアの為に買っただけで、自分はトマトのジャムに興味はない悠利である。そういうこともある。

ちなみにマリアは、たまーにスクランブルエッグやオムレツにかけて食べている。トーストにも合うようだ。ケチャップとはまた違った味わいで美味しいらしい。好みは人それぞれです。

「あらミリー、何をしていますの？」

「どうせなら色んな種類のジャムを塗ったら美味しいかと思って」

「……混ざりませんか？」

「でもほら、ケーキでも間に何種類も挟まってて美味しいやつあるし」

「それもそうですわね」

イレイシアが不思議そうに問いかけた相手は、ミルレイン。彼女は、数種類のジャムを順番に塗っていた。ロールケーキの生地が塗り絵みたいな感じで可愛らしい。

その状態でくるくる巻いていくと、色々な味の層が出来るのだ。塗っているのはあくまでもジャムなので、巻くときは特に苦労しない。

「あらフラウ、果物を巻くんですか？」

「あぁ。バナナなら比較的巻きやすいかと思って」

生地全体に薄く生クリームを塗って、フラウはその上にバナナを載せていた。とはいえ、大量に載せているわけではない。ゆっくりと押さえてくるり、くるりと巻いていく手際は、結構上手だった。

そんなフラウの手元を見て感心しつつ、ティファーナはイチゴジャムを気持ち多めに塗って巻いている。果肉がごろごろしているタイプのジャムなので、十分食べ応えはあるだろう。

皆が思い思いにロールケーキを作っているのを見ながら、悠利もせっせとロールケーキを作っている。これは、今ここにいない男性陣の分である。一緒に作るか聞いたところ、特に興味はなかったらしく悠利が代わりに作ることになったのだ。

まぁ、いつものおやつはそんな感じなので、別に手間だとは思わない。女性陣とブルックが嬉々として自分で作っているので、悠利の負担も少ない。自分の分と、アリーの分と、後はウルグスとカミールだ。甘味をバカ食いはしないメンツである。

生クリームを塗り、蜂蜜を垂らす。それをゆっくりと巻いていく。力を入れすぎると崩れるので、そこは慎重に。

「……あーっ！」

「何よレレイ、煩いんだけど」

「ぐしゃってなっちゃった……」

「……どれだけ力入れてるのよ……」

丁寧にロールケーキを巻いている悠利の耳に、お約束とも言える会話が聞こえてきた。力自慢のお嬢さんであるレレイが、うっかりやらかしたらしい。ロールケーキはふわふわしているので、しっかり巻こうと張り切りすぎて力を入れてしまったらしい。実にレレイらしい。

まぁ、多少形が不格好になったところで、食べられないわけではない。しかも今日は自分の分を作っているのだ。レレイが自分で食べるのだから、多少の失敗は問題ない。

「レレイが失敗するのって、クリームや果物が多すぎるからじゃない～？」

「へ？」

「あー。前に手巻き寿司のときにやったやつじゃない。レレイは欲張って詰めこみすぎるのよ。もうちょっと控えめに」

「うー、一応控えめにしてるんだけどなー」

「「もうちょっと減らして」」

「はぁい」

マリアの指摘に、レレイはきょとんとした。しかし、隣のヘルミーネにはよく解ったらしく、きっぱりはっきりツッコミを口にしている。当人にその自覚はないが、大食いのレレイなので気付いたら分量が増えているらしい。

二人がかりでツッコミを受けたので、気持ち減らすレレイ。まぁ、量を減らしたならば数を増やせば良いのだ。彼女はせっせとロールケーキを作ることにしたらしい。腹ぺこ娘は、早く食べたくて仕方ないようだ。

最初はジャムや蜂蜜などで挑戦していた面々も、徐々にフルーツを入れたり、クリームを挟んだりとレベルアップしている。自分が食べたいなと思うトッピングで作るロールケーキは、彼女達のお気に召したらしい。

そんな中、特に口を開かず、黙々とロールケーキを作っている人物がいた。ブルックだ。

甘味大好きなクール剣士殿は、とても真剣な顔でロールケーキを量産していた。量産だ。悠利が彼の為にと用意したロールケーキの生地は、着実に消費されていた。

また、好きこそものの上手なれとでも言うのか、それとも単純に数をこなしたことによるのか、ブルックのロールケーキは綺麗だった。最初の方こそ不格好なものもあったが、今は普通に綺麗である。クリームや果物を巻いているのに崩れていないので、皆が感心している。

しかし、そんな声も彼には届いていなかった。黙々と、それはもう、信じられないほどの集中力でロールケーキを作っているのだ。……よほど、自分好みにアレンジ出来るロールケーキが嬉しかったらしい。

そんなこんなで各々で好みのロールケーキを製作し、壊さないように気を付けて食べやすい大きさにカットしたら、実食だ。自分で作ったロールケーキということで、皆が大変ご機嫌である。飲み物も、紅茶だけでなくジュースやハーブ水も用意した。こちらも各々自分で選んで飲むようになっている。今日は若干セルフスタイルだった。

おやつの時間だからと合流した面々も、悠利が作ったロールケーキの中から、自分好みの味を選んで食べている。

「これ、生地だけでも美味しいね」

「そうですわね。ユーリが、生地にも甘味を加えてあると言っていましたから」

「ふわふわで美味しいー」

満面の笑みで次から次へとロールケーキを頬張っているのはレレイだ。ジャムにクリームに果物。美味しそうなものをあれもこれも詰めこんで、大皿にてんこ盛りのロールケーキで彼女はご満悦だった。

イレイシアが答えた通り、ふわふわで柔らかいロールケーキの生地そのものが、ほんのりと甘い。控えめな味が好きな者なら、この生地だけで十分満足してしまいそうな仕上がりだ。

焼き色はきちんと付いているのに、どこも固くはない。歯を立てると簡単に沈み込み、口の中でふわりと甘味を広げるロールケーキ。

イレイシアは甘さ控えめの生クリームに砕いたナッツを交ぜたものを食べている。生地とクリームの柔らかさの中で、ナッツの食感がアクセントになっていた。

「とても柔らかくて、ついつい食べ過ぎてしまいそうですわ」

「あはは、イレイスがそう言うのって珍しいよね〜。あたしの、形はあんまり綺麗じゃないけど食べたかったら言ってね？」

「お気持ちだけいただいておきますわ」

こぼれ落ちそうな笑みを浮かべて珍しいことを言うイレイシアに、レレイはにこにこ笑いながら自分の大皿を示した。てんこ盛りになっているロールケーキ。その全てを胃袋に収めることなど、レレイには容易い。容易いが、お裾分けを嫌がるほど心は狭くなかった。

レレイの申し出はありがたかったが、イレイシアの胃袋はそれほど大きくはない。ここで調子に乗って食べて、夕飯を食べられなくなってしまっては困る。なので、レレイの気持ちだけ受け取ることにした。

「あら、生クリームとバナナだけでここまで美味しいんですね」

「意外と相性が良かったようだ。ティファーナのイチゴジャムも美味しいな」

「このジャム、果肉がたっぷりなので食べ応えがあるんですよ」

指導係のお姉様二人は、仲良くロールケーキを分け合いながら食べている。

フラウの作った生クリームとバナナのロールケーキは、生地と生クリームのほんのりとした甘さに、バナナが確かな存在感を添えていた。クレープなどにもよく見られる組み合わせなので、ある意味で鉄板なのだろう。

ティファーナが作ったごろごろ果肉のイチゴジャムのロールケーキは、思う存分イチゴを堪能するようなものに仕上がっている。果肉がごろごろしているとはいえ、ジャムになっているので軟ら

かい。ふわふわとしたロールケーキの生地とあいまって、口の中で蕩けるようだ。

アロールは特に何も言わず、黙々と食べている。生クリームとカスタードクリームの二つを巻いたクリームオンリーのロールケーキだ。ふわふわを堪能しているのかもしれない。牛乳の風味を残した甘さ控えめの生クリームと、存在感のある濃厚なカスタードクリーム。二つのクリームの調和と、それを包み込む生地のほのかな甘味が実に良いバランスだ。

自分で作ったこともあり、時々その表情が緩む。そういうところは年齢相応の子供らしさと言えるだろう。ただ、それを口にすると多分怒るので、同じテーブルで食べているミルレインとマリアは何も言わなかった。彼らはそういう部分の空気は読めるのだ。

「マリアさんは結局何味にしたんですか？」

「私？　私はねー、蜂蜜たっぷりにリンゴよ」

「リンゴ、固くないですか？」

「ユーリが薄切りにしてくれてるから、意外と大丈夫よ。リンゴと蜂蜜ってあうのよね～」

「あぁ、それは解ります」

薄切りにしたリンゴのシャキシャキとした食感と、蜂蜜の甘さが調和して口を楽しませてくれる。マリアが作ったロールケーキは、そういう感じの仕上がりだった。シャクシャクという咀嚼音すら、美味しさに繋がっている。

対するミルレインは、数種類のジャムを使ったロールケーキだ。くるりと巻いた断面に、幾つもの色があるのが面白い。口に入れると、数種類のジャムの味がふわりと広がる。けれど、ミルレインが相性を考えて組み合わせたので、喧嘩をすることなく口の中で調和する。

皆が満足そうに食べているのを見て、悠利の表情も緩んだ。喜んでくれたのが嬉しいのだ。そんな悠利は、生クリームと蜂蜜のロールケーキを食べている。果物入りも美味しいが、このシンプルな組み合わせも好きなのだ。

ウルグスとカミールは、ボリュームがある方が嬉しいのか、クリームと果物入りのものを好んで食べている。食べ盛りの男の子としては、クリームの重さが丁度良いのだろう。美味しい美味しいと言って食べてくれるので、悠利としてはありがたいが。

アリーはオレンジマーマレードのロールケーキを気に入っている。ジャム系とはいえ、マーマレードは皮の苦みも存在するので、そこまで甘いだけではない。ストレートの紅茶と合わせて飲むと、彼にとって丁度良い甘さになるのだろう。

そんな感じで平和なのだが、不意にアリーがぽつりと口を開いた。

「あのアホ、どれだけ食うつもりなんだ……？」

「……えーっと、用意した分は全部ちゃんと仕上げたみたいです」

「結構な量だよな？」

「結構な量ですねぇ」

アリーの視線の先には、一人別のテーブルで黙々とロールケーキを食べているブルックの姿があった。具材を巻いたことで元の皿に載せられなくなったので、ブルックの前には三枚の大皿がある。クリームも果物も遠慮なく詰めこんだロールケーキが多々見られる。

そしてブルックは、その大量のロールケーキを一人で消費していた。

レレイのようにガツガツ食べているわけではない。目に見えて食べる速度が速いわけでもない。所作はいつも通り淡々としている。

けれど、皿の上のロールケーキは次から次へとブルックの口へと消えていく。まるで手品か何かかと思う消え方だ。表情こそ殆(ほとん)ど変わらないが、彼が大喜びで食べているのは悠利にもアリーにもよく解った。

「よくもまぁ、あれだけ食って胃もたれしねぇな」

「甘い物は別腹らしいですよ」

「あいつの場合は、元々の胃袋もデカいがな」

「そうなんですよねぇ。ブルックさん、見た目の割によく食べる方ですから」

アリーの言葉に、悠利はあははと笑いながら答える。見た目が細マッチョという印象のブルックだが、《真紅の山猫(スカーレット・リンクス)》で一番食べるのは彼だ。別に満腹まで食べなくても支障はないらしく、レレイのように大騒ぎすることはないが。

ただそれも、本性が竜人種(バハムーン)だと知っている悠利とアリーにしてみれば、当然だった。そもそも人間ではないので、人間の基準で計る方がおかしいのだ。

「今日一番喜んでるのは、間違いなくあいつだな」

「満足してもらえたみたいで何よりです。……発案者のヘルミーネも満足そうですし」

笑みを零(こぼ)す悠利に、アリーは苦笑する。皆が希望するからと、こんな面倒くさいことを一生懸命やる悠利に呆れているのだ。お人好しめ、と。

ただ、悠利は別に大変だと思っていないし、皆が喜んでくれて美味しいものが食べられるので満足している。そういうところが彼にはある。

珍しく大人数のおやつタイムは、それぞれが自分好みのロールケーキを堪能して大盛況で幕を閉じた。味付け一つで無限に広がるロールケーキの可能性は、皆を満足させたようです。

ちなみに、自分で作るロールケーキを気に入った若干名に、第二回の開催をお願いされる悠利がいるのでした。作るのも楽しかったようです。

第三章　ご縁が巡って美味しいご飯です

「それじゃ、ミリー、ロイリス、行ってらっしゃい」

「「行ってきます」」

「お弁当、ブライトさんにも届けてね」

「任せてください」

「ありがとうな、ユーリ！」

　ある晴れた日、悠利が用意した弁当を片手に《真紅の山猫》のアジトから出掛けていったのは、山の民ミルレインとハーフリング族のロイリスの物作りコンビだ。その二人を見送る悠利の表情は、いつも通りの笑顔だった。

　ただ一つ違うのは、いつもよりももっと、頑張れというオーラが出ているところだろうか。これから二人が、とても忙しい仕事を頑張ることを知っていたからだ。何せ、応援するためにお弁当を作ったのだし。

　彼らは今日、ブライトの工房へ出掛けるのだ。アルバイトのようなものと考えて良いだろう。ブライトの仕事はアクセサリー職人。双方まだ見習いだと自称するが、ミルレインは鍛冶士、ロイリスは細工師としてそれなりの腕を持っている。きちんと戦力になるはずだ。

「無事にお仕事が終わると良いなー」

走っていく二人の背中を見送りながら、悠利は呟く。昨日、切羽詰まった顔をしていたブライトの顔を思い出しながら。


特に用事もなかったのでルークスとぶらぶら散歩がてら外出していた悠利は、近くを通りかかったという理由でブライトの工房へと足を運んだ。特に用事がなくても、近くに来たときは挨拶をする程度には仲が良い。勿論、仕事の邪魔をするつもりは微塵もない。

悠利だけでなく、ルークスもブライトのところへ遊びに行くのを喜んでいる。ルークスにとってブライトは、お気に入りの王冠形のタグ飾りを作ってくれた人だ。お気に入りのアクセサリーを、丁寧に修理してくれる人でもある。

そんなわけで、悠利とルークスはいつものように呼び鈴を鳴らし、ブライトの登場を待った。

「……アレ？」

いつもならば、すぐに返事が聞こえるのだが、今日は聞こえない。留守だろうかと思ったが、それならば外出中を示す札が下がっているはずだ。ここは彼の職場なので、お客様が来たときのためにそういう風にしている。

だというのに、留守を知らせる表記はないのに返事がない。仕事が立て込んでいるのか、集中しているのか、それともトイレにでも入っているのか。どれだろうと思いながら、悠利はとりあえず待った。

ルークスも大人しく待った。目が期待にキラキラしている。大好きなお兄さんに会えるのを楽しみにしている目だ。ルークスは割と感情が解りやすい。

しばらくして、ばたばたと足音が聞こえた。どうやらちゃんといたらしい。そんなことを思っていると、扉が開いてブライトが顔を出した。

「……ユーリ？　何か用でもあったか？」

「近くまで来たので挨拶に来ただけですけど……」

「そうか」

「……ブライトさん、何か、やつれてませんか……？」

思わず悠利がそう問いかけてしまうほどに、今のブライトは疲れていた。普段はこんな風にならないブライトだけに、何があったのかと心配になる。

「いや、ちょっと仕事が立て込んでてな」

「お邪魔なら帰りますけど……。……掃除とかしましょうか？」

「バイト代払う……」

「じゃあ、ルーちゃんと二人でお掃除します」

「助かる……」

悠利の申し出を、ブライトは疲れた顔で受けた。悠利が掃除を提案したのには、理由がある。ブライトの背後に見える工房の中が、珍しく散らかっているからだ。雑然としているとかそういう感じではない。最低限人間的なラインを守っているだけの生活だったなと思える感じだ。

掃除と聞いて、ルークスも張り切った。大好きなブライトのお役に立てるというのも大きいだろう。キュピキュピ鳴きながら、二人の足下をすり抜けるようにして中へ入る。

「わー、ルーちゃんやる気満々ー」

「今回はマジで助かる……。仕事が本当にヤバくて……」

「ブライトさんにしては珍しいですねぇ」

入ってくれと促されて、悠利は勝手知ったる工房の中へと足を踏み入れる。どこに何が置いてあるかも把握しているので、慣れた手つきで片付けを始める。ちなみにルークスは、もはや勝手知ったる我が城ぐらいのレベルで、さっさと掃除に取りかかっていた。馴染みすぎである。

ブライトの作業場には、何かの素材が大量に置かれていた。完成品も置いてあるが、何というか、慌ただしい雰囲気を感じる。雑然としているからかもしれない。

悠利が珍しいと告げたのには、理由がある。ブライトは己の力量をきちんと把握しているので、スケジュールは常に余裕を持っているのだ。納期ギリギリに徹夜で仕事を回す、みたいなことは絶対にしない。帳尻を合わせれば良いだろうみたいな生き方はしていないのだ。

それを知っているからこそ、今の状況が異質であると悠利は感じたのだ。そんな悠利の意見に、ブライトは乾いた笑いを零した。

「勿論、俺だって普段はこんなことにならないようにしてる。この仕事も、本当はもっと余裕があったんだ」

「と、いうことは途中で予定が変更になったってことですか？」

「そうなんだ。納期が早まって、今、マジで死にそう」

「……わぁ」

散らかった机の上を片付けながら、悠利は思わず遠い目をした。ブライトが悪いわけじゃないところがミソだ。彼の口ぶりからして、依頼主の方も予定の変更などでこうなっているのだろうと思えた。

誰も悪くないけど納期が短くなっちゃうアレっぽい。皆が大変なやつである。

「こういうときって、誰かに助っ人をお願いしたりしないんですか？」

「手伝ってもらえそうな知り合いは、全員仕事を抱えてて無理だった」

「あらら……」

「手隙なのがサルヴィだけだった段階で終わってる」

「……えーっと、サルヴィさんはお手伝いしてもらえない、と？」

サルヴィというのは、ブライトの幼馴染み（おさななじみ）の職人で、今は食品サンプルの製作に勤しんでいる青年だ。食べて美味しかったものを模型で作るという謎の趣味の持ち主で、今はそれを仕事にしている。

ちょっと芸術家気質みたいなところがあって、コツコツきっちりお仕事をするというのとは無縁っぽい青年だった。

「あいつは気が向かないと何もしない。そして俺の仕事は、あいつにとって気が向くものじゃない」

「言い切っちゃった……」

「とりあえず納期に間に合わせるために仕事してたら、他のことが疎かになってな……」

「掃除と片付けは任せてください」

「助かる……」

悠利の言葉に、ブライトは感謝の言葉を告げた。物凄く心がこもっていた。よっぽど切羽詰まっているらしい。

片付けをしながら、悠利は作業をするブライトの手元を時々見る。どうやら、小さなネームタグのようなものを作っているようだ。金属を小さな板の形状にし、そこに模様を刻み込み、最後にブレスレットに取り付けている。見た目はシンプルだが、何気に工程が多い。

金属をカットし、薄く伸ばし、更に削って角を整える。細かな模様を刻み、さらには色を付ける。そして、あらかじめ用意してあるブレスレット用の鎖に取り付ける。作業一つ一つは簡単そうだが、一人で全部やるのを考えると大変そうだ。

しかも、数がえぐい。材料である金属の塊ではどれぐらいの量か解らないが、どどーんと用意されているブレスレット部分を見れば、まだまだ全然終わらないことは明白だ。納期が短くなったせいで、彼はこの山と戦うのだろう。

そこまで考えて、悠利はふと思いついたことを口にした。

「ブライトさん、これ、手伝ってくれる人がいたら、バイト代って出ます？」

「いるなら出す。納期が早まった分、報酬が増えてるから」

「うちのロイリスとミリー、分担すればお手伝い出来るかもしれないなって思ったんですけど」

「……あの二人か。確かに」

「じゃあ、ちょっと呼んできてもらいますね」

「頼む」

　悠利の提案を、ブライトは素直に受け入れた。細工師のロイリスと鍛冶士のミルレイン。模様を刻む作業はロイリスが出来そうだし、金属を加工するのはミルレインが出来そうだと思ったのだ。そして、ブライトもそこに同意した。

　よって、悠利は嬉々(きき)として掃除をしているルークスを呼び、言伝(ことづて)を頼む。勿論、ルークスは喋(しゃべ)れないのでメモに伝言を書き、渡してもらうのだ。

「ルーちゃん、ロイリスとミリー、今日はアジトにいるから、二人にこのメモを渡して呼んできてもらえる？」

「キュイ！」

「よろしくね」

「キュピー！」

　任せてー！　と言いたげにぽよんと跳ねて、ルークスは悠利から渡されたメモを大事そうに身体(からだ)の内側に取り込んで外へと出て行った。吸収されないのかと思うが、ルークスは自分の意思でその辺を調整出来るので問題ない。

　ちなみに、自分が呼びに行くのではなくルークスに頼んだのには、理由が二つある。一つ、ルークスの方が速いから。二つ、ちらりと見えたキッチンスペースが大変なことになっていたから。ルークスが出掛けている間に、あそこの片付けをしようと思う悠利だった。

その間も、ブライトは黙々と作業を続けていた。時々あーとかうーとか唸(うな)っているが、悠利は聞かなかったフリをした。気付かないフリをしてあげるのが大人な対応だと思ったのだ。

そうこうしている内に、ルークスに先導されたロイリスとミルレインがやってきた。二人とも礼儀正しく挨拶をして中に入ってきたのだが、やつれたブライトを見た瞬間にその顔が歪(ゆが)んだ。息を呑(の)んだともいう。

「ブライトさん、その顔……」

「随分と、お疲れのようですね……」

「バイト代はちゃんと出すから手伝ってください……」

「「解りました」」

ブライトの様子からかなりマズいなと思ったらしいミルレインとロイリスは、二つ返事で了承した。そうなると、全員が職人だというのもあって、話は早かった。

ミルレインは渡された金属と見本とを見比べ、作業スペースと道具を確保してさっさと作業に入る。ロイリスは作業スペースを確保するために周辺の片付けを始め、ミルレインが作った金属板を受け取ってから作業を開始する。

どちらもまだ見習いではあるが、その手付きに迷いはなかった。見本があり、作業が彼らにとっては難しくないものであったため、動きがスムーズだ。普段から色々と話をしたり、時々二人共同で何かを作っていたりするので、息も合っていた。

「……あの二人って、共同製作に慣れてんのか？」

「あー、たまに良い素材を見つけると共同で購入して、一緒に何か作ったりしてますね。練習らしいです」

「なるほど。おかげで今、俺はとても助かっている」

「あははは……。とりあえず、ブライトさんはちょっと休憩にしましょうか。お茶を煎れましたから」

「え？」

二人が手伝ってくれるなら自分は仕上げ作業に入ろうとしていたブライトを、悠利は引き留めた。何で？　と言いたげな顔をするお兄さんに、一言。

「適切な休憩を挟まないと、作業効率は落ちますよ。とりあえず、お茶と甘い物をどうぞ。エネルギー補給です」

「……どこから出した？」

「僕の鞄、魔法鞄なので」

「なるほど」

お茶もお菓子も悠利の魔法鞄から取り出したものである。用意されたそれらで一息をつくブライト。悠利は掃除と片付けを続行することにした。

納期が迫っているので急がなければならないことは解っている。解っているが、それはそれとして適切な休息は必要だ。無理をするとどうしようもないミスを犯してしまうこともあるので。ブライトもそれを解っているから、悠利の言葉に従ってお茶にしているのだった。

「二人が手伝ってくれるなら、何とかなりそうですか？」

「多分な。それでも、数日は手伝ってもらわないとダメだろうが」

「それじゃあ、その間はお弁当作りますね」

「え？」

にこにこ笑顔の悠利の言葉に、ブライトはぽかんとした。何を言われたのか解っていないらしい。けれど悠利は気にせず、何が良いかなーなどと献立を考えている。

忙しいのは解っているので、食事の準備も大変だろうと思ったのだ。どこかに食べにいくにしても、買ってくるにしても、時間がかかる。それならば、朝二人が出発するときにお弁当を持たせれば良いと思ったのだ。

「ユーリ、弁当ってどういうことだ？」

「この状態じゃあ、お昼ご飯を用意するのも大変ですよね？　なので、二人のついでにブライトさんの分もお弁当作ります」

「いや、しかし」

「お弁当代は、お仕事が無事に終わってから計算してくださいね」

「話を聞け」

何日かかるか解らないので、弁当代に関しては全部終わってからの支払いで良いと宣（のたま）う悠利であるが、ブライトの言いたいのはそこではない。そこではないのだ。しかし全然通じていなかった。

悠利なので。

結局、ロイリスとミルレインが悠利の弁当を希望したので、ブライトの分も用意されることになった。最後までブライトのツッコミは届かなかった。いつものことかもしれない。


そんなわけで、悠利は今日、三人分の弁当を用意した。口に合うかは解らないが、食べやすさを考えて準備したので、気に入ってもらえれば良いなぁと思っている。

ついでに、今日のお昼はアリーと二人きりなので、お弁当と同じものを用意した。既に用意が終わっているので、今日のお昼ご飯の準備はとても楽ちんだ。おかげで午前中の家事もはかどるというものであった。

……まぁ、悠利にとって家事は楽しいことなので、何の負担もないのだが。趣味が仕事になっているような状態なので。

「今日はまた、随分と変わった飯だな」

「お弁当と同じものになります」

「あぁ、なるほど」

定刻通りに食堂にやってきたアリーは、テーブルの上に用意された昼食を見て首を傾げた。けれど、悠利の説明を受けてすぐに納得した。昼食としては見慣れないが、弁当だと言われれば納得出来たのだ。

悠利が用意したのは、二種類の惣菜コロネパンと、すりおろした根菜がたっぷり入ったスープ。

そして、デザートに食べやすく切ったカットフルーツ盛り合わせだ。

コロネは、パン屋のおじさんに頼んで中身の入っていないものを売ってもらった。店頭には、具材を詰めた惣菜パンや、クリームを詰めたお菓子パンとして並んでいる。しかし、悠利は自分で好きに具材を詰めたいので、こうやって何も入っていないコロネを所望するのだ。

今日は、輪切りにしたキュウリとツナをマヨネーズで和えたツナマヨキュウリを入れたものと、塩押しした千切りキャベツに炒めたベーコンを脂ごと絡めたものの二種類を詰めこんである。ツナマヨは皆に大人気の味付けだし、分厚いベーコンは食べ応えが抜群だ。そのまま齧って十分美味しい。

ちなみに、サンドイッチにしないでコロネを選んだのは、その方が片手で手軽に食べられると思ったからだ。作業中に摘まみやすいかな、という考えである。何故ならば、コロネはポケットのようになっているので、中身がこぼれないからだ。

分厚く切った食パンに切り込みを入れてポケットサンドにするのも考えたが、そうすると今度は厚みがあって食べにくくなる。ブライトはともかく、少女のミルレインと外見が幼児に近いロイリスは口が小さい。その彼らでも食べやすいようにと考えた結果の、惣菜コロネパンだった。

「こっちがキュウリとツナマヨで、こっちがベーコンとキャベツです。後、お代わりの分はちゃんとあります」

「そんなに作ったのか？」

「どうせならいっぱい作っておこうかな、と。残ったら皆に食べてもらうか、鞄の中に入れておけば良いので」

「……お前の鞄は、性能がおかしいからな」

「えへへ」

疲れたようなアリーの言葉に、悠利は照れたように笑った。別に褒められていないのだが、それはちょっと通じていない悠利だった。そんなもんである。

こちらの世界に転移してきたときに魔法道具になってしまった悠利の所持品達は、基本的に全部壊れ性能だ。魔法鞄となった学生鞄もその例に漏れない。

ソート機能が付いていたり、悠利以外の誰かは入れることは出来ても取り出すことが出来ないとかも大概なのだが、上には上がある。容量無制限かつ時間停止機能というのは、多分普通に考えて色々とおかしい。入れた物がそのときの状態を維持される上に、いくらでも入る。軍にでも知られたら、荷物持ちとしてかっ攫われそうな性能であった。

なので、その辺の詳細を知っているのは仲間達ぐらいだ。また、アリー以外の仲間達は「悠利以外に取り出すことが出来ない」と「時間停止機能がある」の二つしか知らない。時間停止機能に関しては、ごくまれに存在するのでまだ良い。ただし、容量無制限というアレな性能に関しては秘密だった。

「このカタチにしたのは、食べやすさ重視か？」

「はい。作業の傍らでも食べられるかなって」

「なるほどな」

がぶりとコロネにかぶりつきながら、アリーは納得したように頷（うなず）いている。悠利（ゆうり）も大きく口を開けてぱくんとコロネを食べる。やはり、パンと具材を一緒に食べるのが醍醐味（だいごみ）だ。具材の水分がパンの内部に染みこんで、食べやすくなっている。

キュウリとツナマヨはしっかりと味がついていて、ふんわりとしたパンと共に口の中で調和する。水分で少しふやけた内側の部分がまた、美味しい。外側のしっかりとした食感と合わさって、何とも言えないハーモニーだ。

ツナマヨだけでも十分美味しいのだが、そこにキュウリが入ることで食感の違いが楽しめる。輪切りなので簡単にかみ切れるのも実に良い。上から順番に食べても、奥までしっかり具材が入っているので最後まで味がする。なかなかに良い塩梅だった。

ベーコンとキャベツの方は、噛（か）めば噛むほどにベーコンの肉汁が溢（あふ）れて口の中を楽しませてくれる。それだけだとくどくなりそうだが、塩押ししたキャベツが味を和らげてくれる。あえて生の千切りキャベツではなく塩押しした千切りキャベツにしたのは、食べやすさを考えたからだ。生野菜というのはしっかり噛まないと消化に悪いので。

パンとベーコンとキャベツ。普通のサンドイッチでも間違いなく美味しい組み合わせは、パンがコロネになったところでそのポテンシャルを失ったりはしなかった。ベーコンを少し分厚く切っているので、食感のアクセントと肉を食べているという感じがする。味付けはシンプルだが、それでも少しも物足りなくはなかった。

「俺はこのベーコン入りの方が好きだな」

「何となくそんな気がしてました」

「お前は？」

「僕はツナマヨの方が好きですねー」

アリーの言葉に、悠利はのんびりと答えた。肉類も好きだが、そこまでがっつり食べたいと思わないタイプの悠利なので、ツナマヨの方がお気に入りだった。とはいえ、別にベーコンの方に不満があるわけでもない。どっちも美味しいけど、好みはツナマヨという感じだ。

それはアリーも同じで、ベーコンの方に軍配が上がってはいるが、ツナマヨのコロネも食べている。既にそれぞれ二つ目に突入している辺り、何だかんだで大食漢である。悠利はまだやっと一つ目を食べ終わったところだというのに。

まぁ、別に競争でもないので、悠利はスープに手を伸ばす。すりおろした根菜をたっぷり入れたスープは、見た目だけなら具のないスープだ。しかし、実際は根菜だらけ。そのままぐいっと飲み干せて、消化も良い素敵なスープだ。

人参やジャガイモ、ダイコンの旨味がぎゅぎゅっと濃縮されて口の中に広がる。風味付けにと入れた生姜（しょうが）の絞り汁も良い仕事をしていた。味にインパクトが足りないと言われそうだが、これはこれで美味しいのだ。

ちなみに、お弁当組には水筒に入れて渡してある。コップに入れれば片手で飲める。極力、箸（はし）やスプーンなどを使わなくても食べられるようにと考えた悠利だ。ついでに、早食いで腹に押し込んだときに、胃袋の負担が少ないように。コロネは大量に持たせたので、それで微調整してもらうつもりである。

「ところでユーリ」

「はい」

「これ多分、残ってたら皆が食うぞ」

「え？」

「ロイリスとミルレインが戻ってきて話をしたら、多分、食べたいと騒ぐぞ」

「あー……」

アリーの指摘に、悠利は確かにと遠い目をした。《真紅の山猫》の面々は悠利の作るご飯が大好きだ。自分達が食べられなかったご飯があると、かなり本気で悔しがる。

なので、お弁当を作ってもらった二人の話を聞いて、しかも食べたことのないメニューなので、確実に食べたいと言うだろう。大量に作った惣菜コロネパンは、仲間達の胃袋に消えていく未来が確定した。ストックは作れなかった。

「まぁ、美味しく食べてもらえるなら、それで良いです」

別にストックを作るのが今回の目的ではなかったので、悠利はにこにこ笑ってそう言った。アリーは静かにそうかと言うだけだった。まぁ、いつものことなので、彼らとしても他に言葉がなかったのだ。

お弁当、三人共喜んでくれてるかなーと考えながら、もぐもぐとツナマヨコロネパンを頬張る悠利だった。

　数日後、無事に納期に間に合ったブライトに弁当のことも含めて感謝される悠利でした。ちなみに物作りコンビは、良い修行になった上にバイト代が貰えてご機嫌なのでした。

「ユーリ！　今すぐルシアの所に一緒に来て！」

「はい……？」

「早く！」

　昼食後、後片付けも終わり、午後の仕事を開始する前にのんびりしていた悠利は、突然飛び込んできたヘルミーネの叫びにぽかんとした。黙って笑っていたら文句なしに美術品のような可憐な美少女は、必死の形相で悠利の腕を掴む。

「えーっと、ヘルミーネ、今日はルシアさんのデザート目当てに《食の楽園》でお昼ご飯食べてたんじゃないの……？」

「食べてきたわよ！　そんなことどうでも良いから、一緒に来て！」

「どうでも良いって……。っていうか、何で僕がルシアさんのところに……？」

「いーから！　来るの！」

「うわぁ！」

　色々と感情が高ぶっているらしいヘルミーネは、悠利の言葉を聞かずに腕を掴んだまま歩き出す。

飲みかけのお茶のコップを置いたまま、悠利は引っ張られるままに歩くしかない。何やら大変な状況らしいということだけは、とりあえず理解は出来た。

「ヘルミーネ、待って、解ったから。行くから。とりあえずルーちゃん呼ばせて」

「急いでるのに！」

「それは解るけど、僕、ルーちゃん抜きの外出はダメって言われてるんだってば……！」

我を押し通そうとするヘルミーネに、悠利は必死に訴えた。これは、アリーに常々言い聞かされていることなのだ。外出するときにはルークスを連れていけ、と。

同行者が腕自慢の面々だった場合は、別にルークスがいなくても許される。一人もしくは戦闘方面にそこまでの強みがない者と行動を共にするときは、護衛としてルークスを連れ歩けと言われているのである。ルークスは可愛い見た目を裏切る戦闘能力を秘めているので。

ヘルミーネも、弓使いとしては決して弱くはない。空を飛べるという羽根人の利点を生かす、実に見事な狙撃手だ。ただ、彼女は後衛である。腕自慢でもない。自分の身を守ることは出来ても、悠利を完璧に護衛することは出来ないだろう。

「……ルシアのところに行くだけなのよ？」

胡乱げな顔をするヘルミーネ。王都ドラヘルンは比較的治安の良い街で、女子供が一人で出歩いてもそこまで危険はない。よほど何かありそうな裏路地とかに入らない限りは、平和だ。

勿論、悠利だってそれは解っている。ヘルミーネやイレイシアが一人でうろうろしても問題ないのがこの街だ。解っているが、それでも悠利に関しては例外枠がアリーによって設定されているのだ。

こう、犬も歩けば棒に当たるという感じで、何らかのトラブルを引き寄せそうなので。運∞という能力値のおかげで危ない目には遭わないが、まぁ、何かが起こる可能性が高いのだ。ホイホイ機能でも付いているのかもしれない。

そして、一応当人も自覚はしていた。いつもと違うことをすると、何かに遭遇する。だから今も、アリーの言いつけに従ってルークスを同行させようとしているのである。

「うん。言いたいことは凄く解るんだけど、でも、アリーさんに言われてるから」

「……解ったわよ。早くルークス呼んできて」

「はーい」

アリーの言いつけと言われては、ヘルミーネも強行は出来ない。それでも、急いでねと付け加えるのは忘れなかった。

飲んでいたお茶のコップを手に、悠利は台所へと向かい、その途中で呼びかけに応えたルークスと合流した。

「ルーちゃん、ちょっと出掛けることになったから、一緒に来てくれる？」

「キュピ！」

「ありがとう」

悠利大好きなルークスは、一緒にお出掛けだと嬉しそうにぽよんと跳ねた。そのまま、ルークスを伴って悠利はヘルミーネに合流する。

「ルークスも来たわね。それじゃ、ルシアのところに行くわよ！」

「はいはい」

「キュピピー」

腕を引っ張るヘルミーネに逆らわず、悠利は彼女に付いていく。途中で、留守番の仲間達に「出掛けてきます～」と暢気に挨拶しながら。

駆け足のヘルミーネを、同じく駆け足の悠利と、いつもよりちょっと速めの速度で跳ねるルークスが追いかける。可憐な美少女が、ぽやぽやした少年の手を引っ張って駆けていく姿は、実に微笑ましく見守られていた。

その二人を追いかけるルークスにしても、既に皆の生活に馴染んでいるので僅かたりとも驚かれない。時々知り合いに声をかけられて、ルークスは楽しそうにキュイキュイと鳴いて返事をしていた。

そうして辿り着いた大食堂《食の楽園》で、ヘルミーネは迷うことなく裏口へと足を運んだ。友人であるルシアを訪ねて彼女が裏口から入ることは珍しくなく、今回も話が通っているのか止められることなく中に入れた。

何故裏口から入るのかと言えば、表は現在営業中だからだ。明らかに部外者と思しき彼らが、スタッフオンリー的な場所へずかずかと店内から入っていく姿を見せるのはよろしくない。真剣な顔をしたヘルミーネに、理由を聞けないまま連れてこられた悠利だが、とりあえず大人しくついていった。

「ルシア！　ユーリを連れてきたわよ！」

「ありがとう、ヘルミーネ。……ユーリくん、いきなりごめんなさい」

「いえ、大丈夫です。何があったんですか？」

「実は、食材が手に入らなくなってしまったの」

「……はい？」

　真剣な顔で告げられた言葉に、悠利は間抜けな声を出した。ルシアもヘルミーネも真剣だが、悠利としては首を傾げるしかない。食材が手に入らないのと、自分を呼んだのとがイコールで繋がらないのだ。

　悠利はここに来るまで、何か手伝いを頼まれるのだと思っていた。

　勿論、悠利のお菓子作りの腕は趣味程度だし、難しいことは解っていない。ただ、プロのパティシエであるルシアのお手伝いぐらいは出来る。人手が足りないとかそういうのかなと思っていたら、予想外の方向から殴られた感じだ。

　首を傾げている悠利に話が通じていないと理解して、ヘルミーネは何で解らないのよと言いたげな顔だ。唇を尖らせても愛らしいのは素晴らしい。

　そんなヘルミーネと違い、ルシアは言葉が足りていないことを理解していた。なので、彼女は言葉を続ける。

「実は、急にケーキを頼まれたのだけれど、それに使う果物が足りていないの」

「え？　ここで、ですか？」

「ええ。実は、お客様から指定があって……。勿論、きちんと手配はしていたのよ？　ただ、それがトラブルで手に入らなくなってしまって……」

「それで、何で僕なんです？」

説明を聞いてもやっぱり話の見えない悠利(ゆうり)だった。今解っているのは、ルシアがケーキの注文を受けていて、そのケーキは使う果物が指定されているということ。そして、用意していた果物が手に入らなくなったということだ。

やっぱり、悠利を呼んだ理由がさっぱりだった。

「実はね、果物が手に入らないって解った段階で、収穫の箱庭に探しに行ってもらったの」

「あぁ、あそこ、割と何でも手に入りますもんね」

「でもね、手に入らなかったの」

「え⁉　何で⁉」

ルシアの言葉に、悠利は思わず声を上げた。収穫の箱庭は、王都ドラヘルンから徒歩十五分ほどのところにある採取系ダンジョンだ。採取系と言うか、もはや農園とか果樹園とか考えた方が良いような場所だ。美味しい食材がてんこ盛りである。

基本、迷宮食材なので季節も産地も問わない。ダンジョンマスターが「沢山の人に喜んでもらえたら嬉しいな」みたいな思考回路をしているので、そういう感じのほのぼの系ダンジョンである。もうアレをダンジョンと呼ぶのが間違っている気がするが、一応ダンジョンです。

悠利もしょっちゅうお世話になっている。《真紅の山猫》の仲間達も、採取系の依頼などでお世話になっている場所だ。美味しい食材の手に入るとても素敵なダンジョンで、大体何でも手に入ると思っている悠利なので、ルシアの発言が理解出来なかったのだ。

「あのね、ユーリくん」

「何でしょうか」

「あそこ、何が手に入るかは日替わりというか、全然法則性がないでしょう？」

「……ないですね」

「欲しい果物が、なかったのよ……」

「うわぁ……」

がっくりと肩を落とすルシアに、悠利は遠い目をした。割と何でも手に入る収穫の箱庭だが、中身は日付が変わるとリセットされる。そしてそれは完全にランダムだった。

ダンジョンマスターが意識して切り替えているのではない。とりあえず、適当に色んなものが収穫出来るように中身が変化するらしい。そして今回は、運悪くお目当ての食材が手に入らないタイミングだったらしい。

そこまで話を聞いて、けれどやっぱり悠利は、何で自分が呼ばれたのか解らなかった。悠利は果物屋さんではない。

「収穫の箱庭で手に入るのは解ってるのよ。だから、ユーリならダンジョンマスターに頼めるんじゃないかと思って」

「え？　そういう理由だったの？」

「だって、依頼主がかなり偉い人だって言うんだもん！　ルシアが大変な目に遭っちゃう！」

「ヘルミーネ、ちょっと落ち着いて。ごめんなさいね、ユーリくん。突然こんなことに巻き込んじゃって……」

友人を心配したヘルミーネの暴走かと思ったが、ルシアもかなり切羽詰まっていたらしい。しかも、ヘルミーネの口振りから、相手はかなり厄介そうだ。もしかしたらお貴族様が相手なのかもしれない。聞きたくないのでそこは突っ込まない悠利だった。君子危うきに近寄らず、である。

ついでに、今から収穫の箱庭に赴いて、ダンジョンマスターに「欲しい果物があるんだけど、分けてくれるー？」をやる根性もない。友人特権を利用したくないというのもあるが、そもそもが悠利は同行者無しに収穫の箱庭に行けないのだ。腐ってもダンジョンなので。

とはいえ、困っているルシアを見捨てるつもりはない。なので、悠利はそっと己の学生鞄(かばん)を見た。魔法鞄(マジックバッグ)になっているそこには、地味に大量の食材が入っている。

「ユーリくん？」

「ちなみに、ルシアさんが必要な食材の一覧表ってあります？」

「え？　ええ、ここにあるけれど……」

「ありがとうございます」

渡されたメモを片手に、悠利は学生鞄の中身を確認する。ソート機能という色々とアレな能力が付いているので、どれだけ大量に放り込んでいても中身が一発で解るのだ。大変便利である。

時間停止機能が付いているので、食べきれなかった食材や、作りすぎたおやつなどが入っている悠利の学生鞄。その中身は多種多様。ついでに、節操がない。

なので、ルシアから受け取ったメモに書かれている食材も、あった。

「ルシアさん、僕、ここに書いてある食材全部持ってます」

「え？」

「多分、普通に収穫の箱庭で手に入れるよりも質の良い果物だと思います」

「ええ!?」

「お土産に貰うんですよね～」

のんびりと笑う悠利に、ルシアは目を点にして叫ぶ。ヘルミーネは一瞬驚いた顔をして、けれどすぐに「でしょうね」と言いたげにうんうんと頷いていた。彼女は悠利のトンデモっぷりを知っている。

この場合のトンデモっぷりは、ダンジョンマスターとの友好度の高さと言える。普通にダンジョンにある食材を収穫しに行くのだが、何故かいつもお土産と称して質の良い食材を大量に貰ってくるのだ。初めてのお友達にダンジョンマスターはうきうきなのだ。

呆気にとられているルシアを余所に、悠利は彼女が必要としている食材を貰ったときのことを思い出していた。


その日も、悠利はスーパーとか近所の畑に行くぐらいの感覚で収穫の箱庭を訪れていた。同行者はルークスとリヒト。友達であるダンジョンマスターのマギサ（命名したのは自由人なワーキャッ

ト の若様である）に会いに来るのが目的でもある。

なお、何で同行者がリヒトかというと、マギサがリヒトを気に入っているからだ。優しいお兄さんとして慕われている。当人は何で一応魔物の括りのダンジョンマスターにそこまで好かれているのか解っていないが、子供に好かれやすいという彼の性質なのだろう。害は特にないので、頑張ってほしい。

収穫の箱庭は採取系ダンジョンと言われている。植物系に特化しており、人間に友好的なダンジョンマスターの意向を反映して食材が豊富だ。出てくる魔物も友好的で、何というかほのぼの農園みたいな感じである。

美味（おい）しそうな食材を、目利きしながら仲良く収穫する悠利とルークス。護衛と目付という立場で同行しているリヒトも、手伝っている。実に微笑ましい光景だ。

目当ての食材を一通り収穫したら、悠利達に会いたがって待っているマギサの下へ足を運ぶ。一応ダンジョンマスターなので、無闇に表に出てくることはしない。悠利達が自分のところに来るまで大人しく待っている様子は、実にお利口さんだった。

とはいえ、マギサの外見はマスコットか幼児かと言いたくなるようなものだ。小さな隠者さんというスタイルは、雨合羽を着た子供のようにも見える。そのため、仮にダンジョンの中をうろうろしていても、特に警戒されることはないだろう。

……何せマギサは、王国側の偉い人と会うときは、大人の姿になっているので。当人的には「偉い人と会うときはきちんとしないといけない」みたいな感じらしいが、アリーに言わせれば「紛らわしいから変化しなくて良いと思う」ということになる。その辺の価値観が合致することはなかった。

「マギサー、遊びに来たよー」

「キュピピー！」

「イラッシャイ！」

ひょっこり顔を出した悠利とルークスに、マギサは満面の笑みを浮かべる。相変わらずフードと前髪で目元は隠れているのだが、緩んだ口元や声音から喜んでいるのがよく解る。ダンジョンから出ることの叶わないダンジョンマスターにとっては、遊びに来てくれる友人の存在はとても大きいらしい。

そもそも、近くに住む人間に喜んでもらえたら嬉しいなという思考でこのダンジョンをアップデートしているマギサだ。そこら辺のダンジョンのダンジョンマスターとはひと味もふた味も違うのである。

とはいえ、本質は魔物。逆鱗に触れたときの異様な気配は何とも言えない。ただ、滅多なことではそんな風にならないので、普段のマギサはやはり、ぽやぽやした雰囲気の可愛いマスコットという感じだった。

「今日は一緒にご飯を食べる時間がなかったから、おやつを持ってきたよ。後で食べてね」

「アリガトウ！」

「あんまりゆっくりはしてられないのも、ごめんね」

「ウウン。来テクレルダケデ嬉シイ」

　遊びに来るときに、毎回毎回ゆっくり出来るというわけでもない。今日のメインは食材を手に入れることなので、お弁当を食べて半日一緒にゆっくり遊ぶというコースではなかった。そのことを詫びる悠利に、マギサはふるふると頭を振る。

　自分を訪ねてやってきてくれるだけで嬉しいというその姿は、実に愛らしかった。そのマギサの視線が、悠利から離れる。そして、リヒトを認めてぱぁっと表情が華やいだ。

「オ兄サンダ！」

「こんにちは」

「コンニチハ！　オ兄サンモ来テクレタノ、凄ク嬉シイ！」

　わーいわーいと言いたげに空中に浮かんだまままくるくる回り出すマギサに、リヒトは困ったような顔をしている。何でここまで好かれているのか、大歓迎されているのか、彼にはさっぱり解らないのだ。

　多分、リヒトの人徳というものなのだろう。うきうきとマギサは果物を用意して、リヒトに差し出している。そのまま食べられるミカンやバナナのようなものばかりなのは、今すぐ食べられるようにとの配慮だろう。どうぞと差し出されるそれらを、リヒトはとりあえず受け取った。

　迷宮食材は基本的に美味しい。そして、その中でもダンジョンマスターであるマギサが自ら渡してくる食材は、物凄く美味しい。美味しいのは解っているが、やっぱりリヒトは、何で自分がこんな風に特別扱いを受けているのか解っていなかった。

「ユーリモ、ドウゾ」

「ありがとう、マギサ」

「ルークスモ食ベル?」

「キュピ!」

皆で一緒に食べるのが楽しいのか、マギサは悠利とルークスにも果物を差し出してくる。並んで仲良く食べる悠利達の姿は実に微笑ましい。その微笑ましい光景を見ているリヒトは、「中身を知らなきゃ微笑ましいなぁ……」と遠い目をしていた。

天然ぽやぽやな家事大好き少年、ただし桁外れの鑑定能力とトラブルホイホイな無自覚やらかし男子・悠利。愛らしい姿に反してハイスペック、掃除大好きながら敵対者は全てぶっ潰す勢いのスライム・ルークス。外見は可愛いマスコットじみた幼児だが、その本質は魔物であるダンジョンマスター・マギサ。触るな危険の集合体である。

深く考えるのは止めよう、とリヒトは思った。手にしたミカンがとても美味しいので、そのジューシーさを堪能することにした。細かいことを考えても彼にはどうにも出来ないので。

「ソウダ、オ土産イッパイ用意シタヨ!」

「お土産?」

「今日、外ニ出テナイ果物」

ドウゾと笑顔でマギサは大量の果物を差し出した。……一瞬前までそこには何もなかったのだが、いつの間にかマギサの両手の前にふわふわと果物がいっぱい浮かんでいる。何だコレと思わずリヒ

トの顔が歪んだ。

しかし、悠利は悠利だった。大量に用意された果物を見て、ぱぁっと顔を輝かせる。

「わぁ、沢山あるね！　これ、全部貰っても良いの？」

「ウン。皆デ美味シク食ベテネ」

「ありがとう！　皆も喜ぶよ」

「エヘヘ」

ダンジョンマスターであるマギサにとって、ダンジョンに存在する食材を用意するのは簡単だ。そして、それを渡すと悠利が喜ぶことも知っている。なのでこうして、いつもお土産として色々なものをくれるのだ。

ほのぼのとした雰囲気で言葉を交わす悠利達を、リヒトは遠い目をして眺めていた。空中に浮かんだ大量の果物を、せっせと魔法鞄に詰めこむ悠利の表情は明るい。喜んでいるなら良いかと現実逃避をするリヒトだった。


「と、いう感じで貰った果物なので、確実に普通のより質が良いです」

「そ、そんなものを受け取っても良いの……？」

「うちにあっても美味しく食べるだけなので、お仕事に必要なら使ってください」

「ありがとう、ユーリくん……！」

用意された果物がダンジョンマスターお墨付きの一級品だと知って驚いていたルシアだが、悠利の好意をありがたく受け取った。必要な食材、それも質が良いものを手に入れたならば、依頼人を満足させられるケーキを作れるはずだ。彼女は立派なパティシエさんなのだから。

「良かったわね、ルシア」

「ヘルミーネもありがとう」

「ううん。ルシアが困ってるなら、助けてあげたいもん」

にこにこ笑顔のヘルミーネに、ルシアも嬉しそうに微笑んだ。彼女達はとても仲の良い友人だ。ルシアのスイーツが周囲に見向きもされていなかった頃から、ヘルミーネは彼女の大ファンだった。その友情は今も続いている。

だから、今回もヘルミーネは一生懸命だったのだ。困っている友人に、自分が出来ることは何だろうと考えて行動を起こしたのである。

「ヘルミーネの剣幕、凄かったもんねぇ……」

「う、うるさいわね……！」

彼女が飛び込んできたときの剣幕を思い出し、悠利は遠い目をする。いきなり戻ってきたかと思えば、腕を掴まれ引っ張られ、である。詳しい説明も何もなかった。それだけ彼女が必死だった証なのだが。

悠利の反応と、耳まで真っ赤にして言い返すヘルミーネの姿を見て、ルシアは首を傾げる。はたしてどれほどの剣幕だったのか、と。けれど、彼女はそれをわざわざ口にすることはしなかった。その辺の空気はきちんと読める。

だからその代わりに、ルシアは悠利に向き直って口を開く。

「ユーリくん、この果物のお代はどうしたら良いかしら？」

「え？」

「え？　じゃないのよ。こんなに貴重なものだもの。ちゃんとお金を払わせてちょうだいね」

「……僕、あの子に貰っただけなんですけど」

お金を貰うのはちょっと、と悠利は尻込み(しりご)している。自分が収穫したわけでも、育てたわけでもない貰い物でお金を頂くのは、悠利の主義に反した。しかし、ルシアとしても貴重な食材をタダで貰うわけにはいかない。

双方の睨(にら)み合(あ)いが続く。何とか価値に見合った報酬を払いたいルシアと、自分は何もしていないので貰う理由がないと拒否する悠利。割とどっちも通常運転な光景を、ヘルミーネはルークスと二人で傍観していた。

「お金を払いたいって言うルシアの気持ちも解るけど、ユーリは絶対に受け取らないわよね？」

「キュイ」

「そうよね。だってユーリだもん」

ヘルミーネの言葉に、ルークスはこくりと頷いた。ヘルミーネにルークスの言葉は解らないが、ルークスは彼女の言葉を理解している。なので、こういう風に同意を求めるときは反応が解りやすい。

食べる？　と手にしていたカップケーキを見せて聞かれたルークスは、少し考えてからこくりと頷いた。それを見たヘルミーネはカップケーキを半分に割ると、食べかけではない方をルークスに差し出した。

ちょろりと身体の一部を伸ばしてカップケーキを受け取ったルークスは、少しずつカップケーキを吸収していく。ふりふりと身体を揺すりながら、嬉しそうだ。

「ルークスって、味解るの？」

「キュ？」

「美味しいもの、解る？」

「キュ！」

ルークスはぽよんと跳ねた。これは美味しい！　と言いたげな態度だ。それを見て、ヘルミーネは嬉しそうに笑った。大好きなルシアの作った美味しいスイーツを、美味しいと言ってくれる相手は彼女にとって良い相手なのだ。

そんな風にのんびりと二人が交流をしていると、ようやっと話がついたのか悠利とルシアが握手をしていた。やっと終わった、とヘルミーネがぼそりと呟き、ルークスが同意するようにキュイと鳴いた。

「結局、どうなったの？」

「今度、ルシアさんが美味しそうな食材を手に入れたら分けてもらうってことになったよ！」

「わー、安定のユーリー」

「え？」

「ううん、こっちの話」

やっぱりそこに落ち着くんだと言いたげなヘルミーネ。悠利に自覚はないが、彼はお金は受け取らないが美味しそうな食材なら喜んで受け取るところがある。その食材を手に入れるために高額を支払っているとかでない限り、貰えるときには貰うのだ。

本当は代金を支払いたかったらしいルシアだが、そもそも悠利の中では貰い物をお裾分けしただけなので、同じ状況にすることに落ち着いたのだ。まぁ、何だかんだで丸く収まったので良いだろう。多分。

「それじゃあ、ルシアさんケーキ作り頑張ってくださいね」

「ルシア、ファイトよ！　ルシアなら出来るわ！」

「ありがとう、二人とも」

依頼人の希望に添ったケーキを作るために、ルシアはこれから頑張るのだ。邪魔にならないように、悠利達はお暇することにした。

ルシアのケーキ作りが失敗するとは、誰一人として思っていない。ルシアは凄腕のパティシエさんであるし、それに何よりお菓子作りが大好きなのだ。美味しく食べてもらうために頑張る彼女を、彼らは知っているので。

今度マギサに会ったら、貰った果物が人助けに役立ったことを伝えよう。そんなことを思いながら、悠利はヘルミーネとルークスと共に、アジトへの帰路につくのだった。

後日、ケーキが依頼人を満足させたとルシアから報告が届き、悠利とヘルミーネは胸をなで下ろすのでした。パティシエさんの腕は確かです。

「今日はお世話になります」

「こちらこそ、わざわざ来ていただいてありがとうございます」

ぺこりと頭を下げる悠利の前で、今日も片眼鏡(モノクル)がよく似合う冒険者ギルドのギルドマスターは優雅にお辞儀した。

今日、悠利はとあるお手伝いで冒険者ギルドにやってきていた。基本、普段の悠利は冒険者ギルドに足を運ばない。用事がないからだ。

他の仲間達ならともかく、悠利がここへ来る理由は滅多にない。あるとしたら、ルークスの従魔登録関係ぐらいだろうか。

というのも、悠利の所属先は鑑定士組合だからだ。身分証を作るためにお世話になった場所だ。たまにお仕事を手伝うこともあるが、基本的に普段は関わらない。

さて、それはともかく、何故(なぜ)そんな悠利が冒険者ギルドにいるのかといえば、アルバイトだ。

「本当に僕で良いんですか？」

「アリーのお墨付きは頂いてますからね。それに、君の腕が確かなのは知っていますし」

「出来る限り頑張ります」

穏やかに会話をしながら、二人並んで奥の個室へと向かう。込み入った話などをするための場所だ。

そして、今日はそこで悠利はお仕事なのだ。鑑定能力を使った仕事なので、アリーのお墨付きというのも間違いではない。

別に、悠利がやりたいと言ったわけではない。ただ、アリーは時々こうやって悠利に鑑定の仕事を振り分ける。技能（スキル）の使い方を正しく知っておけという感じだ。そうでもしないと悠利は、食材の目利きや仲間の体調管理ぐらいにしか技能を使わないので。

「それで、素質の確認ということですけど、頻繁にやるんですか？」

「いえいえ。手持ちの技能の確認ならば難しくなくとも、素質の確認は熟練の鑑定能力者が必要です。そうそう簡単には出来ませんよ」

穏やかに告げられた言葉に、悠利はなるほどと呟いた。このアルバイトを紹介してきたアリーにしても、「お前なら問題なく出来るだろ」という感じだった。悠利の能力の高さだけは皆が認めるところだ。

悠利がこれからやるのは、言葉の通りにその人の素質を見抜く作業だ。現在所持している技能や職業（ジョブ）に関してではない。今はまだ目に見えていないが、きちんと磨けば光るだろう才能に関して調べるのだ。

これは、自分が何に向いているのか、何を鍛える方が効率が良いのかを知りたい者に対する、有料サービスだ。冒険者ギルドに常駐している職員の鑑定能力では出来ないので、鑑定士組合に声をかけたり、たまにアリーがやっている仕事である。

今回も、ギルマスはアリーに話を持ちかけた。素質を見抜くその能力をもって、《真紅の山猫(スカーレット・リンクス)》の面々を適切に育てている彼の手腕を見込んでのことでもある。また、【魔眼】持ちとして真贋士(しんがん)アリーの名はよく知られているので、説得力がある。

あくまでも素質であると前置きをしても、自分の望まない結果だった場合に不愉快を露わにする者もいる。そういった者達は、鑑定能力の方を疑う。実に面倒くさい話であるが。

そういったトラブルが、アリーの場合は起こらない。王侯貴族にすら一目置かれる男の能力を疑うバカはいない。

「アリーさんだと説得力あると思いますけど、僕で納得してもらえますかね？」

「アリーの秘蔵(ひぞ)っ子ですし、今は君の話も色々と伝わっているので大丈夫だと思いますよ」

「僕の話？」

「ええ、君の話です」

「…………？」

何のことだろうと首を傾げる悠利の足下で、ルークスも同じように首を傾げた。ルークスが真似っこしているのに気付いて、悠利は「どういう意味だろうね？」と小声で問いかけて、一緒に首を傾げる。

不思議そうな悠利に、ギルマスはにこやかに笑うだけだ。当人だけが解っていないが、何だかんだで悠利の能力の高さは噂として広がっている。あちこちでお手伝いをしているので。

よく解っていない悠利だが、とりあえず今日のお仕事に支障はなさそうだと解ったので、言われるままに席に着く。素質に関しては個人情報の極みみたいなものなので、希望者は一人ずつ入ってくるらしい。

いつもはギルマスは立ち会わないらしいが、今日は例外だ。悠利の能力の高さは認められているとしても、ぽやぽやした雰囲気なので舐められる可能性がある。悠利に何かあると色々と大変なので。

具体的にいうと、怒りにまかせて飛び込んでくる保護者が多いことだ。《真紅の山猫》の仲間達は言わずもがなだし、レオポルドをはじめとした職人組も湧いてくる。何だかんだであちこちに知り合いの多い悠利なので。

「よろしくお願いします」

「はい、よろしくお願いします」

礼儀正しく一礼して入ってきたのは、年若い女性だった。年齢にして、二十過ぎぐらいだろうか。身につけているのは動きやすそうな鎧などで、腰に剣を差している。多分前衛職だろうと悠利は思った。

「初めまして、僕はユーリです。貴方の素質を確認することになりますが、具体的にどういった素質を知りたいとかありますか？」

「え？」

「素質と一口に言っても色々とあるので」

瞬きを繰り返す女性に、悠利はにこりと笑って言葉を続けた。これは、アリーからのアドバイスでもある。知りたい素質が武術系なのか、学術系なのか、身体能力に関することなのかで、情報を絞ることが出来るからだ。

勿論、悠利が所持する鑑定系最上位技能である【神の瞳】さんにかかれば、彼女の素質全てをささっと確認することは可能だろう。特に使用者である悠利に負担もかからない。その程度にはハイスペックな技能だ。

けれど、【神の瞳】さんがさくっと情報を全て提示出来るからと言って、受け手である悠利がそれをささっと目の前のお姉さんにお伝え出来るかは別の話だ。情報量が多ければ多いほど、きちんと伝えるのは難しくなる。

なので、あらかじめ絞ることが出来るなら、範囲を選択しておいた方が良いと言われたのだ。中には何も考えずにただ素質を知りたいという意見の者もいるかもしれないが、大抵は伸び悩んでいたり、今後の道筋にするための判断基準として知りたがっているのだから、何らかの取っかかりはあるだろう。

「えーっと、武器に関することとか、身体能力に関することとか、色々とあると思うんですけど」

「あ、あぁ、そういうことね。それなら、武器に関してを見てもらえるかしら?」

「はい、解りました」

悠利の説明で何を問われているのか理解した女性は、表情を和らげて答えた。おかげで内容が絞れるので、悠利も助かる。

それでは失礼しますと一言断って、悠利はじぃっと彼女を見た。他の部分を見るのはプライバシーの侵害なので、きちんと武器に関する素質だけが見えるように集中する。

少しして、結果が悠利の目の前に映し出された。


——武器適性素質一覧。

双剣：最適。

槍（やり）：適切。


シンプルイズベストな答えだった。しかし、シンプルなおかげで助かるのも事実だ。このまま伝えれば良いので。

なお、注釈みたいな感じで「最適、及び適切の上位二種類のみ選出しております」とコメントが入っていた。安定の【神の瞳】さんである。お茶目にもほどがある。

ばっさり切り捨てるような不適切という単語が出てこないので、悠利としても心苦しくならない。向いてないものを伝えるのではなく、あくまでも向いている分野を伝えるだけで良いのだから。心構えが段違いだ。

もしかしたら、【神の瞳】さんがその辺を慮（おもんぱか）ってくれたのかもしれないと、悠利は適宜アップデートされていく己の技能に感謝した。……なお、技能に意思など存在しないので、多分これは単なる作業の効率化や適切化であると思われる。

「解りました。最適なのは双剣で、その次に適性があるのは槍のようです」

「双剣と、槍……？」

「はい」

反芻（はんすう）する女性に、悠利はこっくりと頷（うなず）いた。【神の瞳】さんがそう教えてくれたので、間違っていないはずだと悠利は自信満々だった。

悠利に武器適性を教えられた女性は、しばらく考え込んでいる。何でだろうと悠利が不思議に思うが、すぐに彼は気付いた。彼女の腰にあるのは、剣が一本だけ。きっと、今まではそれを磨いてきたのだろう。

双剣ということは両手で使わなければならないし、槍となれば何から何まで違うだろう。今まで鍛錬してきたものが違うと解って、ショックを受けているのかもしれない。

心配そうに女性を見ていた悠利だが、彼女の反応は彼の予想を裏切った。一度目を伏せ、開いたときの彼女の表情は晴れやかなものだった。むしろ、自信に満ちあふれている。

「えーっと、あの……？」

「ありがとうございます！　ずっと、自分には武術の才能がないのだと思っていました。けれど、違ったのですね。私は、双剣や槍を磨けば、強くなれると」

「強くなれるかどうかは僕には解りませんが、適性はあるようです」

感極まっている女性に、悠利はとりあえず思ったことを素直に告げておいた。責任を全部こちらに投げられても困るからだ。悠利に解るのは素質があるということだけで、それを磨いて光るかどうかは当人の努力次第である。

そもそも、戦闘どころか護身術すらからっきしの悠利に、その辺りのことが解るわけがない。ちらりと傍らのギルマスに視線を向ければ、ナイスミドルの頼れる紳士は穏やかに笑っていた。笑っているだけだった。

(ギルマスさん、そこはフォローとか説明とか何かしてください……)

冒険者でもない、ただちょっと桁外れの鑑定能力を持っているだけの一般人の悠利にとっては、荷が重い。何せ、冒険者の皆さんは命がけで生きているので。少しは援護射撃が欲しかった。

「教えてくれて本当にありがとう。これで、私も両親に胸を張れます」

満面の笑みを浮かべて、女性は部屋から出て行った。最後の言葉が何を意味するのか解らない悠利は、ちらりと傍らのギルマスを見た。頼れるギルマスは、にこやかに微笑んで口を開く。

「彼女の祖父母は、それぞれ双剣と槍の名手だったんですよ」

「へ?」

「ご両親は剣や弓を得手にしていらしたので、彼女も剣を手にしたのでしょうね。ところが、思ったよりも伸びなかったようで」

「はぁ……」

それでも、今まで剣を使って生き延びているのだから、多分、適性がそこまで低いとかではないのだろう。ただ単に、双剣と槍の方が適性値が高かっただけで。

そんなことをぼんやりと思った悠利の耳に、思いもよらなかった言葉が飛び込んだ。

「伝説と言われた祖父母のどちらかに、彼女が届く日が来るのかも知れませんね」

「はい……⁉」

伝説って何⁉　と悠利は思わず声を上げた。悠利が驚いたので、ルークスも釣られたように驚く。普通に生活していたら、絶対に耳にしないような言葉だ。名手ぐらいなら聞くこともあるだろうが、伝説までいっちゃうとちょっと格が違いすぎる。話が壮大になりすぎだ。

「あの、伝説って、何ですか……？」

「大変息の合った双剣使いと槍使いで、一騎当千だと伺っております」

「そ、そんな凄い方の、お孫さん……？」

「ええ。ご両親もそれなりに強い冒険者だったので、彼女も色々と期待をされていたんでしょうねぇ」

冒険者にも世襲制みたいなノリあるんだ、と思う悠利だった。いや、親が冒険者をやっていて、その背中を追って冒険者になるのは珍しくない。レレイもそうだ。

ただ悠利が思ったのは、親の名声が子供にのしかかるパターンだ。重圧が凄そうだなと思ったのである。

「お子様が誰も双剣も槍も受け継げなかったとかですからね。孫の彼女に素質が隔世遺伝したんでしょうか」

「……あの、僕、何か物凄く重要なこと言っちゃった感じですか……？」

「おやおや、そんな顔をするものではありませんよ。だって、君は何一つ嘘は言っていないでしょう？」

　ちょっとしたアドバイスのつもりが、何だか話が壮大になりそうだと思った悠利が顔を引きつらせるが、ギルマスはけろりとしていた。確かに、悠利は嘘は言っていない。嘘は何一つ言っていないけれど、こんな大事になるなんて思わなかったのだ。

　おろおろする悠利の肩を、ギルマスは宥めるようにぽんぽんと叩いた。優しい仕草だった。

「心配しなくても、彼女が貴方に責任を押しつけることはありませんよ。ただ、己の信念に従う根拠が出来たと喜ぶだけです」

「それなら、良いんですけど……」

「さぁさぁ、気を取り直して次の方が待っていますよ」

「はぁい」

　終わったことをアレコレ考えても仕方ないので、悠利はパンパンと頬を軽く叩いて気合いを入れ直す。お仕事は始まったばかりだ。頑張らなければならない。

　ただ、最初が彼女で良かったとも思った。素質を伝えるだけだと思っていたが、それは誰かにとっては人生の大きな転機に繋がると解ったからだ。鑑定持ちがこの世界で重宝されるのが、少しだけ理解出来た悠利だった。

　次に入ってきたのは、世慣れた感じの青年だった。それなりに冒険者として経験を積んでいるのだろう。防具の類いはあまり見当たらない。軽装だった。

「こんにちは。ユーリです。よろしくお願いします」

「よろしく頼む」

幼い風貌の悠利を相手に、青年は静かな声で告げて頭を下げた。侮っている気配は見えない。それだけで、多分それなりの実力者なんだろうなと悠利は思った。

冒険者ギルドにいる冒険者も、その性質はピンキリだ。時々、どうしようもなくダメダメな冒険者もいる。そういう冒険者の共通点は、ぽやぽやした雰囲気で幼い外見の悠利を舐めることだ。それがないだけで、悠利が相手をちゃんとしていると判断する基準になる。

「知りたいのはどんな素質に関してでしょうか？」

「技能に関してだ」

「技能、ですか？」

「あぁ。俺は一応隠密の技能を持っているんだが、レベルの上がりが悪くてな。適性があるのかないのか、確認してもらえるか？」

淡々と告げられた言葉に、悠利はぱちくりと瞬きを繰り返した。思ってもいなかった方向だ。どんな技能の素質があるのか、鍛えれば覚えられそうな技能について聞かれるのなら予想は出来たのだが、これは完全に予想外だ。

ただ、相手が明確に目的を告げてくれたので、それほど難しいことではないと悠利は思った。他の鑑定能力持ちがどう感じるかは知らない。悠利の所持する【神の瞳】さんにかかれば、別に難しくもないというだけだ。

だから、悠利の返事は決まっていた。

「解りました。それでは、確認しますね」

「頼む」

にこりと笑って、悠利(ゆうり)は目の前の青年をじぃっと見つめる。知りたいのは隠密の技能に関して。技能レベルではなく、彼にどれだけの技能適性があるかだ。

特に難しいことではなかったので、答えはすぐに出た。先ほどのように、悠利の目の前に目当ての情報が映し出される。


——隠密技能の適性。

やや不適切。


物凄くざっくりとした情報なのも先ほどと同じだった。多分、【神の瞳】さん的には、他にコメントすることが見当たらなかったのだろう。

ただ、出てきた答えを告げるのは少しだけ胸が痛んだ。きっぱりはっきりあんまり向いてないですと書いてあるのだ。救いは、ややと付いているところだろうか。完全に不適切ではないらしい。気休め程度かもしれないが。

悠利の表情が曇ったことで、青年もギルマスも何かを察したのだろう。けれど青年は、困った顔をする悠利に向かって優しく声をかける。

「聞いたのはこちらだ。どんな答えでも構わない。教えてくれるか？」

「……はい。あの、やや不適切って出ました」

「やや不適切」

「はい」

ややってどれぐらいなんだろうと思いつつ、悠利はとりあえず書いてあったままを伝えた。申し訳なさそうな顔をする悠利に対して、青年は晴れ晴れとした顔をしていた。

え？　と思わず悠利が声を上げる。悪い結果を伝えた割に、当人はさっぱりした顔なのだ。意味が解らない。

「あ、あの……」

「いや、助かったよ。長年気になってた謎が解けた。そうか、あんまり向いてなかったか」

「やや不適切と言われる技能をそこまで磨き、仕事を果たしてきた貴方は努力家ということですね」

「ありがとうございます、ギルマス」

青年とギルマスは笑顔で言葉を交わしている。不向きだろうが必要だと信じて自分を磨き続けていた今までがある。上げた技能レベルは嘘を吐かない。そのことを言っているのだと、悠利は胸が温かくなるのを感じた。

そこで、不意に目の前の鑑定画面がぶわんと揺れ、文字が追加された。

——追記。

素質はやや不適切でありましたが、長年の研鑽(けんさん)により磨き上げられています。

このまま努力を続ければ、適切に至る可能性があります。

実に珍しいケースです。


「えええええ⁉」

「うぉ⁉　どうした、少年」

「ユーリくん、どうしました？」

思わず叫んだ悠利に、大人二人が驚いたように声をかける。しかし、悠利の方に彼らに答える余裕はなかった。【神の瞳(ひとみ)】さんは、最後の最後に爆弾をぶち込んできた。

というか、表現方法が相変わらずアレだった。追記って何だろうとか、こういう風に能力が強化されるパターンあるのとか、驚愕(きょうがく)が悠利を支配する。

けれど、すぐに何とか立ち直って、目の前の青年に今見たものを伝えた。伝えなければならないと思ったからだ。

「あの、適性はまだやや不適切なんですけど、今までしっかり努力されてきた結果、近い将来に適切へと上昇する可能性があるみたいです」

「は⁉」

「はい？」

「いつとか、あとどれぐらいとかは解らないんですけど、あの、努力が実る感じで、素質が上がるみたい、です」

突拍子もない発言に、青年もギルマスも声を失った。説明する悠利の声も、途中で不安げに揺れる。確証はない。ただ、【神の瞳】さんが教えてくれた情報は伝えた。

「ギルマス、そんなことがあるんですか？」

「いえ、私も知らないですねぇ」

「でも、あの、僕の鑑定結果ではそういう感じだったので……」

信じられないと言いたげな大人二人に、悠利はぼそぼそと答えた。嘘は言っていない。前例の有無は知らないが、悠利は真実しか言っていないのだ。

「あぁ、何もお前を疑ってるわけじゃない。ただ、そういうことがあると聞いたことがなかったもんでな」

「多分、誰にでも起こることじゃないんだと思います」

「ん？」

「誰にでもそういうことが起きるなら、素質で左右されることはないと思うので」

確証はないながら、悠利は言い切った。それというのも、【神の瞳】さんが珍しいケースだと言っているからだ。レアケースを引き当てたらしい。

「なるほど。それなら、俺は努力が実ったということだな」

「お疲れ様です」

「教えてくれてありがとう。励みになる」

「頑張ってくださいね」

素質が向上する可能性があると知った青年は、嬉しそうだった。元々、己に素質がないと思いつつも隠密の技能を上げていた彼だ。今後もたゆまぬ努力を続けるだろう。

世の中には不思議なことがあるなぁと思いながら、悠利は気を引き締める。どれぐらいの人数を鑑定することになるのかは解らないが、誰かの役に立てると解ったので。

そんな悠利の姿を見つめながら、ギルマスは口元にうっすらと笑みを浮かべた。アリーが太鼓判を押すだけの見事な腕前だった。武器適性や技能適性を確認するぐらいならば、同等の者はいるだろう。だが、最後に告げた素質の向上に関して告げられる者は少数派だ。

当人ののほほんとした雰囲気で誤魔化されがちだが、相変わらず見事な能力だとギルマスは舌を巻く。これだけの才能が、どこかに攫われることも囲われることもなく平和に生きていられる現実が、途方もなく幸運だと思って。

まぁ、それは日夜アレコレとツッコミを口にしながら悠利を守っている保護者代表のアリーのおかげだろう。あと、悠利の運∞という色々とアレな能力値のおかげだ。きっと。

この能力に経験が加われば、きっと誰もが一目置く鑑定能力者に育つのだろうと思いつつ、多分そうはならないだろうと思うギルマスだった。こちらから仕事を与えないと、鑑定能力を磨くことなどしない悠利なので。

とはいえ、それぐらいが丁度良いのだろう。のほほんとしている悠利だから、その卓越した鑑定能力に押しつぶされることがないのだ。彼は自分の能力に重きを置いていないので。

目の前で次の相手の素質を確認している悠利の、やっぱりいつもと変わらないほわほわした雰囲気に、ギルマスは笑みを浮かべるのだった。妙に和むので。

しっかりお仕事をしてバイト代も貰った悠利は、「次も是非お願いしますね」とギルマスに頼まれるのでした。定期的なアルバイトが決定したようです。

「いっぱい貰っちゃったなぁ……」

目の前に並ぶ食材を見て、悠利はしみじみと呟いた。あちこちから頂いた食材がどどーんと並んでいる。

一つ、ブライトに「使い道が解らないから使ってくれ」と言って渡された、木綿豆腐と糸こんにゃく。先日の納品超特急の依頼人さんが取り扱っている商品らしいが、この辺りでは馴染みのない食材に完全にお手上げだったらしい。悠利としては馴染んだ食材なので大歓迎だが。

一つ、ルシアからお裾分けされた、シイタケとエリンギの詰め合わせ。先日果物を分けてくれたお礼だということで、大食堂《食の楽園》が取り引きしている店の商品を届けてくれた。いずれも肉厚で実に美味しそうだ。

一つ、冒険者ギルドのギルマスから届いた、鳥系モンスターの肉詰め合わせ。いずれも使いやすいように解体されており、お店で買うお肉のブロックみたいな感じだ。先日悠利が素質を確認した面々が獲ってきたお肉らしい。

つまるところ、何だかんだでアレコレお手伝いをしたら、その全てが食材になって戻ってきたという話だ。実に悠利らしかった。

お金や残る物よりも、美味しく食べることの出来る食材の方が喜ぶと認識されているのだろう。ブライトは謝礼ではなく相談及び泣きついてきたに近いが、悠利が喜んでいるので問題はない。そもそも、豆腐はまだしもこんにゃく関係はまっったく見当たらなかったので、むしろ大喜びなのだ。

そして、これらの食材を見たら、作りたくなった料理がある。きっと皆が喜んでくれるだろうという意味でも。

「これは、すき焼きにするのが一番だよね……！」

ぐっと拳を握って悠利は決意を固めた。美味しそうな鶏肉（っぽい味のお肉）に、キノコに木綿豆腐に糸こんにゃく。完璧だ。後はここにタマネギと白ネギを加えればすき焼きが完成する。春菊はちょっとストックがなかったので、今回は除外します。

すき焼きというと一般的には牛肉をイメージするだろうが、鶏肉を使ったものも存在する。牛肉のすき焼きと違うところは、鶏ガラスープを使って煮込むところだろうか。牛肉のすき焼きは水を入れない方が良いと言われるが、鶏肉のすき焼きはむしろスープで煮込むのだ。

勿論、料理は千差万別で、地方や家庭によって作り方は全然違う。ただ、悠利は鶏肉で作ったす

き焼き（それも鶏ガラスープで煮込むタイプ）を食べたことがあり、美味しいと思って育っているのだ。なお、牛肉のすき焼きも悠利は大好きだ。どちらも美味しいと思っている。

「ユーリ、今日の夕飯何にす、……うぉっ、何だこの食材の山」

「あ、ウルグスお帰り。これはね、色々貰った食材」

「貰った？」

「うん、貰ったの」

ジャンルがバラバラな食材の山を見て、ウルグスは呆気に取られる。何だコレ、誰に貰ったんだと問いかける彼に、とりあえず説明をする悠利。

説明を全て聞いたウルグスは、静かに言い切った。

「お前、絶対に食材渡しておけば良いと思われてるだろ」

「え？　そうかな？」

「絶対そうだ……」

「でもほら、美味しそうだし、これで今日の夕飯作れるし」

「まぁ、お前が良いなら良いけど……」

餌付けされているのとは違うが、食べ物で釣れると思われているのは同じだろうなと考えるウルグスだった。その辺は言わないでおく優しさはあった。

「とりあえず、今日はすき焼きにするね」

「すき焼きって何だ？」

「簡単に言うと、しぐれ煮みたいな味の鍋(なべ)料理っぽいやつ」

「それ絶対美味いやつじゃん」

「美味しいよー」

醤油(しょうゆ)と砂糖の味が際立つ甘辛いしぐれ煮は、ウルグスも大好きな料理だ。それに似ていると言われては、俄然(がぜん)やる気が出るのだった。大変解りやすい。

　そんなわけで、彼らは調理に取りかかる。食べる前に煮込めば良いのだが、人数分の食材の下準備となるとかなり大変なので。何せ、夕飯だ。人数が多い。

「まず、シイタケからやろうか」

「石突きだっけ？　この軸っぽいところは取るんだよな」

「うん。石突きは石突きだけで焼いて食べれば良いし」

「解った」

　悠利(ゆうり)の言葉に頷(うなず)くと、ウルグスはキッチンバサミを片手に黙々とシイタケの石突きを切り落とす。手で千切るのも一つだが、ハサミの方が綺麗(きれい)に取れるので悠利達はもっぱらハサミ派だ。

　ウルグスが切り落とした石突きは悠利が回収し、先端の土のついた部分だけを切り落としてボウルに入れておく。汚れがないかを確認するのも忘れない。石突きは焼いて醤油をかけて食べるとそれなりに美味しいのだ。

「エリンギは、根っこの土のついた部分だけを包丁で削ぐようにして取ってね。取り過ぎはダメだよ。それが終わったら、斜めに切ってね」

「楕円形みたいな感じになる切り方だな」

「そうそう」

しょりしょりと汚れた部分を切り落とし、トントンと軽快な音をさせて切っていく悠利に、ウルグスがふむふむと頷いた。

エリンギは大きいままだと噛み切りにくいので、こうやって食べやすい大きさにカットするのだ。シイタケはそのままだが、こちらはエリンギに比べればがぶりと齧れば噛み切れる。あと、シイタケは何となくそのままの方が美味しそうに思える悠利だった。

「白ネギは、根っこを落としたら、エリンギと同じように斜め切りで」

「おー。これ、白いとこも緑のとこも使うのか？」

「うん。どっちも食べるよ」

「解った」

ネギにも色々と種類があるが、今日使うのはいわゆる白ネギ。白い部分が太くて緑の部分が少ないタイプだ。焼き鳥のねぎまに使われているようなネギである。

なお、別に緑の部分が多い青ネギを使っても問題はない。たまたま、冷蔵庫に入っていたのが白ネギだったので、白ネギを使うだけだ。

「タマネギは、くし形に切るよ。あんまり薄いと溶けちゃうから、大きめに」

「解った」

せっかく入れるのに溶けてしまうのは勿体ないので、そこそこ厚みのあるくし形としてタマネギを切っていく。涙が出てくる前に終わらせるぞ！　みたいに二人とも気合いが入っていた。……大量のタマネギは涙腺崩壊能力を持っているのです。

「豆腐はあんまり小さくならない程度に食べやすい大きさに切るよ」

「豆腐って崩れやすいんだろ？　先に切っておいて大丈夫なのか？」

「それは絹豆腐かな。木綿豆腐とか焼き豆腐は結構頑丈でね。ほら、コレは木綿豆腐で、触ってもそこまで崩れないよ」

「あ、本当だ」

悠利が普段味噌汁に使うのが軟らかい絹豆腐なので心配していたウルグスだが、恐る恐る触ってみたらしっかりした感触が伝わってきたので安心したようだ。木綿豆腐は絹豆腐よりもしっかりしているので、煮崩れが心配な料理に向いている。

絹豆腐は掌の上に載せて切る方が壊れにくいが、木綿豆腐や焼き豆腐はまな板の上で切っても問題ない。それを思うと、初心者向けなのは崩れにくい木綿豆腐なのかもしれない。

とりあえず、一丁を六等分ほどに切る悠利。四等分では少し大きそうだったので。

「これで野菜関係は終わりか？」

「切るのは終わりだけど、肉の準備をしてる間に糸こんにゃくを茹でてアク抜きをするよ」

「何て？」

「糸こんにゃくのアク抜き」

大真面目に悠利が告げた言葉に、ウルグスは眉間に皺を寄せた。まず、糸こんにゃくが何かが通じていない。そもそも、王都ドラヘルンにこんにゃくは流通していないのだ。王都育ちのウルグスが知らなくても無理はない。

そっと悠利が差し出した糸こんにゃくを見て、ウルグスは首を傾げた。グレー色をした細長い謎の物体にしか見えないだろう。

「麺？」

「ううん。こんにゃく。芋の加工品」

「芋⁉」

「この辺ではあんまり見ないけど、僕の故郷では普通に食べてたんだよねー。ヤクモさんも知ってるし」

「これ、食いもんなんだ……」

「食べ物です」

確かにちょっと不思議な見た目だが、一応食べ物なので悠利もそこは譲らない。

こんにゃくは一度茹でてアク抜きをしてから調理すると美味しく仕上がるので、アク抜きは大切なのだ。沸騰したお湯で茹でればオッケーなので、一手間ではあるが簡単だ。

数分茹でてこんにゃくが浮かんできたら、茹で上がった証拠なのでザルにあける。これで糸こんにゃくの下準備はオッケーだ。もしも長すぎると思ったら、ハサミでちょきちょき切れば良い。キッチンバサミさんは有能である。

「それじゃ、肉の準備ね」

「おー」

「火が通りやすいように、細めのそぎ切りでお願い」

「解った」

野菜の準備が終わったならば、大量の肉との格闘だ。二人でせっせと切り分けていく。貰った肉はいずれも鶏モモ肉のような感じの肉で、新鮮で美味しそうだった。そぎ切りにするのも、細めにするのも、火が早く通るようにだ。

牛肉や豚肉などの薄く切って使う肉に比べて、鶏肉は塊で使うことが多い。そのためか、火の通りが遅いのだ。なので、せめてそれを和らげるためにそぎ切りにする。

とはいえ、あまり薄く切ってもそれはそれで物足りないので、限度は必要だ。匙加減が大事だが、そこはお肉大好きなウルグスなので間違えない。火が通ったら縮むことも計算に入れて、良い感じの大きさに切っていく。

肉が全て切れたら、下準備は完了だ。後は、鍋で美味しく煮込むだけである。

「ウルグス、次は卓上コンロと鍋の準備ね」

「おー」

すき焼きはやはりテーブルで鍋を突いて食べるのが美味しいので、今日はそれぞれのテーブルに鍋一つだ。卓上コンロは実に便利だった。

すき焼きを作ったことはないのだが、丁度良い感じの平鍋が存在していた。《真紅の山猫》には、普段使わないような鍋や食器が大量にある。提携している職人工房の見習いや新人の作品が安く流れてくるのだ。

　こちらはこちらで、採取依頼などを優先的に回してもらったりもするので、お互い様である。とりあえず悠利は、すき焼きに向いている鍋が幾つもあったのでほくほくだった。

　卓上コンロの上に置いた鍋に水を入れて、沸かす。具材を入れることも考えて、あまり入れすぎないように注意が必要だ。溢れてしまっては困るので。

「本当はガラを煮込んでスープを作る方が美味しいんだけど、今日はガラがないから、この鶏ガラの顆粒だしを使うね」

「ガラを煮込んでスープを作ると美味いのか？」

「美味しいけど、煮込むのに二、三時間はかかるよ」

「……じゃあ、今日は顆粒だしの鶏ガラで」

「うん」

　肉屋に行けばあるのでは？　と言いたげに動きかけたウルグスだが、悠利の言葉に大人しく出て行くのを止めた。今から二、三時間も煮込んでいられないので。

　お湯が沸いたらそこに鶏ガラの顆粒だしを入れて味をつけ、沸騰しているところにそぎ切りにした鶏肉を入れていく。とりあえず肉を入れるのが目的なので、入れる場所は気にしない。

「お肉に火が通ってきたら、味付け」

「何で先にやらないんだ？」

「肉の旨味が出てからの方が味を付けやすいから、かな？　先に味付けをしておいても別に良いんだけど。僕はこの方がやりやすくて」

「へー。解った」

悠利の料理はあくまでも個人の家庭料理なので、正しい手順とは異なる場合もある。まぁ、レシピなんて人の数だけあるので、当人が美味しく食べられる方法で作れば良いだけだと思っているのだが。

手抜きも時短も、自分が美味しく食べるために色々工夫するのは悪いことではないと悠利は思っている。何が何でもきっちりした手作りに、というこだわりは、逆に料理へのハードルを高めてしまう。ちゃんとしていなくても、美味しいご飯は作れるのだ。

「調味料は、砂糖と醤油だよ。一度に沢山入れるのが不安だったら、こまめに味見をすれば良いからね」

「いつも言ってるやつだな」

「うん。薄いのは足せるけど、濃いのはなかなか調整しにくいから」

砂糖と醤油をスープの部分に入れて溶かして、しっかりと混ぜる。半透明だったスープは、調味料の色でうっすら黒っぽい茶色に染まった。それと同時に、ふわりと匂いが鼻腔(びこう)をくすぐる。

ぺろりと一口味見をしてみれば、甘辛い調味料の味に、肉の旨味が溶け込んでいた。食欲をそそる素敵な味だ。

「うん、良い感じ。ウルグスも、覚えた？」

「美味い味だった」

「あははは。それじゃ、お野菜を入れよう。お肉を寄せて、同じ種類を固めて入れてね」

ぎゅぎゅっと菜箸で肉を一カ所に寄せると、準備しておいた野菜を順番に入れる。シイタケ、エリンギ、タマネギ、木綿豆腐、白ネギそして最後に糸こんにゃくだ。糸こんにゃくを最後にしたのは、一番まとめにくいからである。後、隙間でも入りそうな感じなので。

「さて、それじゃあ後は煮詰まらない程度に煮込むだけ。と、いうわけで」

「ん？」

「手分けして全部の鍋を準備しようね！」

「あー、そうなるのか」

「頑張ろうね！」

「おー」

晴れやかな笑顔の悠利に、ウルグスは苦笑しつつも同意した。全員分の鍋は卓上コンロの上に用意されている。お湯も沸いている。後は、具材を入れて味を付けるだけなのだ。

夕飯まであと少し。悠利とウルグスは、手分けして残りの鍋の準備に勤しむのだった。


「ナニコレ、甘辛くてすっっっっごく美味しいね！」

「レレイ、喜んでくれるのは解ったから、落ち着いて。顔が近い」

「あ、ごめんね」

多分気に入るだろうなと思っていた悠利だが、レレイは彼の予想以上にすき焼きを気に入った。

もりもり食べて、ご機嫌だ。

砂糖と醤油で味付けされた甘辛いスープには、具材の旨味がたっぷりと染みこんでいる。そして、その美味しいスープで煮込まれた具材は、どれを食べても皆の舌を満足させた。

希望者のみ、悠利と同じように生卵を割って付けて食べている。これは好みもあるので、やりたい人だけどうぞというスタイルにしてある。悠利はすき焼きには生卵派なので。

熱々を生卵の中へくぐらせると、ほんのりと卵に火が入る。それを何度も繰り返すことで、最終的に卵に甘辛いすき焼きの味がしっかりと付くのだ。そうやって育てた卵で最後に卵かけご飯をするのが、悠利のすき焼きの楽しみ方だった。

なお、そういう食べ方があること、自分が最後にそうするつもりであることは、事前に皆に伝えてある。何故かというと、以前焼いた塩鮭でメにお茶漬けをしたところ、皆がうらやましがったからだ。美味しいものの情報はちゃんと伝えるべきだと学んだ悠利である。

「味がしっかりしてるから、ライスが進むよねー。美味しいー」

「美味いのは解ったから、お前とりあえず野菜食え。肉はしばらく中止」

「えー、何でー?」

「今入れたばかりだからだよ！」

「あ、なるほどー」

ふてくされるレレイに、クーレッシュは渾身のツッコミを放った。レレイがばくばく肉を食べるので、鍋の中から肉が消えたのだ。各テーブルに追加の食材は準備されているので、適宜皆が追加しているのだ。そしてこのテーブルでは、その辺をクーレッシュが担っていた。

悠利がやろうとしたのだが、お前はゆっくり食べてろと言われたのだ。準備を頑張ったんだから、食べるときはしっかり食べろということらしい。

「ユーリ、この不思議な食感の食べ物は何でしょうか？」

「これ？　糸こんにゃくっていうんだよ。こんにゃくっていう食べ物を、糸っぽい形に加工してあるやつだね」

「弾力があって、けれど固いわけでもないのですね」

「こんにゃくだからねー」

こんにゃくを上手に説明するのは難しい。とりあえず、すき焼きの中に入っているこんにゃくは、甘辛くしっかり味が付いているのでとても美味しい。それが答えで良いと思う悠利だった。

イレイシアは小食だが、見知らぬ食材を頭から否定することはない。不思議な食感と言いながら、先ほどから普通に糸こんにゃくを食べている。

なお、レレイは鍋の中身は全て食べられる美味しいものだと思っているのか、気にもとめていなかった。安定のレレイ。

他のテーブルでも、見知らぬ糸こんにゃくにだけは不思議そうな反応をしているものの、皆普通に食べていた。すき焼きの魔力のおかげかもしれない。甘辛い味付けはご飯が進むし、何より食欲をそそるのだ。

「これ不思議だなー。いつもの豆腐よりしっかりしてる」

「ユーリは木綿豆腐って言ってたな。種類が違うらしい」

「味が中まで染みこんでて、豆腐なのに美味い」

「カミール、言い方……」

「だって、本当じゃんか」

もぐもぐと木綿豆腐を食べながら好き放題なことを言うカミールに、ヤックは思わずツッコミを入れる。説明をしたウルグスは、特に何も言わなかった。多分、カミールに同感だったのだろう。彼は根っからの肉食で濃い味付けが好きなので。

木綿豆腐の良いところは、長く煮込んでも特に崩れないこと。そしてもう一つは、崩れないからこそ箸(はし)で掴(つか)みやすいことだ。絹豆腐の場合は、うっかり力加減を間違えて崩してしまうこともあった。それを思うと、木綿豆腐は皆にとって食べやすい食材と言えた。

美味しいのは木綿豆腐だけではない。シイタケもエリンギもタマネギも、しっかりと味が染みこんでいてとても美味しい。基本的に食べ盛りらしく肉に誘惑される見習い組の面々だが、このすき焼きは野菜も美味しかった。白ネギなど、ちょっと溶けた感じがまた格別だった。

「はいはい、皆、ちゃんと食べるのよ～?」

にこにこ笑顔で鍋奉行をしているのは、マリアだ。同じテーブルにいるのが、アロール、ロイリス、ミルレイン、ジェイクという小食メンバーなので、大食いのお姉さんが仕切っているらしい。鍋の中身が減ってきたら追加してくれるので、大変優しい。

小食組も、彼らなりに美味しく食べていた。肉は控えめなアロールとロイリスも、肉の旨味を吸い込んだ野菜を食べているので満足感はある。ミルレインは自分できちんと調整しているので問題ない。

問題があるとすれば、美味しいとうっかり食べ過ぎてしまうジェイクだろう。今日もどうやらお気に召したらしく、嬉しそうな顔で食べている。

「ジェイク、濃い味付け苦手じゃなかったっけ？」

「そこまで得意ではないんですけど、これ、美味しいんですよね。何ででしょうか？」

「目の前で作ってるからじゃないかしらぁ？　匂いに誘われているのよ、きっと」

「あぁ、なるほど。出来たてを食べるのは美味しいですからねぇ」

のほほんと笑う学者先生。彼が差し出した器を、マリアは笑顔ですっと押し戻した。お代わりを求められたのに、やんわりとした拒絶である。

「マリア？」

「とりあえず、一度水でも飲んで休憩してみたらどうかしら？」

「え？」

「明らかにペースが速いよね、今日。また腹痛になりたくないなら、小休止して落ち着いた方が良いと思うけど」

「……速かったですか？」

「「速かったです」」

同じテーブルの皆に異口同音に言われ、ジェイクは大人しく従った。うっかり食べ過ぎてお腹が痛くなるのは彼だって嬉しくない。とりあえず小休止に入るジェイクだった。

　大人なのに子供達に諌められているジェイクの姿に、悠利は思わずうわぁと呟いた。呟いたけれど、すぐに「あ、いつものことかも」と思い直した。それが《真紅の山猫》の日常なので。……安定のジェイク先生なのです。

「ユーリ、肉もう食べて大丈夫だぞ」

「ありがとう、クーレ」

「お肉食べて良いの？」

「お前は最後。皆が取ってからな」

「解った！」

　同じテーブルにいるのが大食いメンバーではないので、皆が先にとってもなくならないと解っているからだろう。レレイは素直だった。

　しっかりと味の付いた肉を、どぼんと生卵にくぐらせる。甘辛い味付けと卵の相性は抜群で、口の中で完璧なハーモニーを繰り広げてくれる。すき焼きの中身が残ったら、明日の朝か昼に玉子とじにしようと思う悠利。味の染みこんだ具材の玉子とじは絶品だ。

　もしくは、スープがたっぷり残っているのなら、うどんを入れても美味しい。うどんは前に皆に頼んで作ってもらって、常に悠利の学生鞄にストックが入っている。味を吸い込んだうどんもまた、絶品だ。

　とはいえ、皆の食欲を見ていると、このまま綺麗さっぱり全部食べ尽くされそうな気配もある。

それならそれで、大盛況だったと思えば良い。そんなことを思いながら、悠利は肉厚のシイタケにかぶりつくのだった。じゅわりと広がる旨味が大変美味しかった。

結局、すき焼きは綺麗に食べ尽くされて、皆にまた作ってほしいと言われるのでした。

エピローグ　シンプル美味しい、小松菜の生姜炒め

　どどーんと作業台の上に積み上げられた小松菜の山を見て、カミールは面倒くさそうな顔で一言問いかけた。

「ユーリ、今度は何をやらかしたんだ？」

「何でやらかしたの前提で話を進めるの⁉」

「いやだって、ユーリだし……」

　思わずといった風情のカミールに、悠利は反射的に叫んだ。仲間の中での自分の扱いが酷いと言いたげだ。しかし、カミールの言い分にも一理ある。

　別に、当人が悪意を持ってトラブルを巻き起こしているとは思わない。ただ、何かに巻き込まれたり、何かを引き込んだりすることがちょこちょこあるからだ。そして、食材を貰ってくることが多い。

「これはね、助けたおじさんから貰ったんだよ」

「助けた？」

「街中で、具合が悪そうにしてたのを介抱したんだ。そしたら、お礼にどうぞっていっぱい貰っちゃった」

「貰いすぎじゃね……？」

お礼にいただいたと言うには、随分と大量の小松菜だった。いや、小松菜は美味しいし、色々な料理に出来るし、カミールだって好きだ。好きだから大量にあっても良いのだけれど、個人がお礼としてくれる分には膨大だなと思っただけである。

「小松菜を作ってる農家さんだったんだよ」

「あー、なるほど」

カミールの疑問は、悠利の説明であっさりと解決した。農家さんなら、いっぱい持っていてもおかしくはない。売りに来ていたなら、悠利が貰ってきた分ぐらいは十分ありそうだ。

「で、介抱したって、どんな感じで？」

「えーっとね」

好奇心を隠しもせずに問いかけてきたカミールに、悠利は今日の買い出し中にあった出来事を話すのだった。


ルークスを連れて食材の買い出しへ向かう途中、悠利は道の片隅でうずくまっているおじさんを見かけた。傍らには荷車があり、美味しそうな瑞々(みずみず)しい小松菜が大量に積まれている。どうやら荷車を引いて商品を売りに来たらしい。

それは別に良いのだが、具合が悪そうにうずくまっているのが気になった。周囲の人々が気付かないのも無理はなく、おじさんは荷車の陰になる位置にうずくまっていた。悠利が気付いたのは、

【神の瞳】さんが薄い赤色を出してきたからだ。

基本的にオートで悠利に対する危険を判定してくれる【神の瞳】さんだが、その赤には二種類あった。危険や害意を示すものと、病気や怪我を示すものだ。明確にどうと表現はしにくいが、少なくとも悠利には二つの赤の違いが解る。そして、その病気や怪我を示す方の赤色が見えたのだ。

具合の悪い人がいるのかもしれないと覗き込めば、案の定うずくまっているおじさんを発見した。慌てて駆けより、そっと呼びかける。

「もしもし？　意識はありますか？　どこか痛みますか？」

呼びかけ、肩を抱き、あまり強く揺さぶらないように気をつける。「大丈夫ですか？」と聞かなかったのは、何かで「大丈夫と聞かれると人は大丈夫と答えてしまう」みたいなのを見たことがあるからだ。明らかに大丈夫じゃないので、その質問は封じた。

おじさんは、ゆっくりと悠利の方を見た。相手が幼さ残る少年、つまりは子供だと気付いて、安心させるように笑う。

「あぁ、ありがとう。ちょっと暑さで疲れただけだから、心配しないで良いよ」

「……そう、なんですか？」

「うん。今日は暑かったからねぇ……」

はははと力なく笑うおじさんに、悠利は眉間に皺を寄せた。当人はそう思っているようだが、それにしては顔色が青白いし、具合が悪そうだ。勿論、熱中症も油断してはいけない症状ではある。

ただ、何かが違う気がした。

なので、あんまりよろしくないとは思いつつ、そっとおじさんの体調を鑑定する。あくまでも体調の情報だけが出るように注意した。プライバシーの侵害は良くない。

――状態：毒。
傷口から植物の毒が入り込んだようです。自然回復は難しいでしょう。
すぐに死に至ることはありませんが、長引くと後遺症が残って危険です。
手持ちの万能解毒薬初級を使えば回復します。どうぞ。

【神の瞳】さんは今日も相変わらずだった。親切設計なのは良いが、どう考えても友人に対するような文言である。解りやすいので悠利は気にしないが。

とりあえず、指示通りに悠利は学生鞄から万能解毒薬初級を取り出した。これは以前、ジェイクと共に作った薬だ。収穫の箱庭で手に入れた星見草を使って作った万能解毒薬。それを薄めることで効能を下げ、初級のあらゆる解毒薬の性能を有しているという物体になった。

万能解毒薬は高級すぎて持ち歩きをするのはアレだが、効能を下げてしまえば仲間達が持っていても大丈夫と思ったのだ。余所に出すのは禁止されているが、仲間達が使う分には許可されている。

そして、万が一に備えて悠利もストックを何本か持っていた。

まさか、自分が使う日が来るとは思わなかった悠利である。彼は危ないことには首を突っ込まないし、基本的に平和な場所で生きている。しかし、ストックしておいたおかげで今、人助けが出来る。人生、どう転ぶか解らない。

「おじさん、この薬を飲んでください。貴方は今、毒に冒されているようです」

「毒……!? そ、そんな、どこで……?」

「傷口から植物の毒が入り込んでいるみたいです。とりあえず、これをどうぞ。症状に効く解毒薬です」

あえて薬の詳細は伏せておいた。世の中には、知らない方が幸福なこともあるので。

悠利の真剣な様子にそれが事実だと感じたのか、おじさんは礼を言って薬に手を伸ばす。小瓶の中身を飲み干すと、少しして効果が現れる。全身の倦怠感も、鈍い頭痛も消えていき、おじさんは驚いたように悠利を見た。

「本当に、毒だったのか……」

「どこかで怪我しました?」

「あぁ、道中に森の中でね。そうか、そのときに毒に触れたのか……」

「大事に至らなくて良かったです」

心当たりがあったらしいおじさんは、表情を険しくした。けれど、悠利は笑顔だ。薬がちゃんと効いて、おじさんが元気になってくれたので。それに、【神の瞳】さんの赤判定ももうない。ちゃんと元気になった証拠だ。

おじさんが元気になったのを確認して、悠利はよいしょと立ち上がる。傍らのルークスも、ぴょこんと跳ねて移動準備を始めていた。何かあればおじさんを運ぶのは自分の役目だと側に控えていたルークスである。今日も出来るスライムは賢かった。

「あ、待ってくれ。薬のお代と、お礼を」

「この薬は僕が趣味で作ったものなので、お代は結構です。元気になってもらえたならそれで十分ですし」

何せ、平穏な日常で誰かの死に遭遇するのなんてごめんな悠利である。穏便と平穏が彼の望みだった。

悠利の口ぶりからお金を受け取らないと理解したおじさんは、荷車の中身を示して口を開いた。

「それならせめて、うちの小松菜を持っていってくれないかい？」

売り物として持ってきていた、大量の小松菜がそこにある。

「え？」

「それほど上等なものではないけれど、食材ならば迷惑にならないだろう？」

生きるためには食事が必要で、どんな家庭でも食べ物は必要だ。そう思ったおじさんの考えは正しい。そして、悠利はお金は受け取らないが、美味しそうな食材は嬉々として受け取る人種だった。

「貰っても良いんですか⁉」

「勿論。好きなだけ持って帰ってほしい」

「ありがとうございます！」

立派な小松菜を前にして、悠利が断る理由など存在しないのだった。

「ってわけで、貰ってきたの」

「それでこの量？」

「ううん。僕が選んだよりも、おじさんが上乗せしてきた分の方が多いよ」

「なるほど、解った。まぁ、美味(うま)そうだし良いよな」

「うん」

相手の厚意を拒絶しすぎるのもよくないことを、悠利もカミールも知っている。悠利のおかげで九死に一生を得たおじさんが、売り物の小松菜を分けてくれたのはある意味で当然だったのかもしれない。感謝を正しく示せてこそ、商売人である。

「で、この小松菜を使って何かを作るわけだ？」

「うん。お昼ご飯に野菜炒(いた)めにしようと思って」

「その割に、小松菜しか出てないけど」

「小松菜炒めが正しいかもしれない」

「納得した」

野菜炒めというのは、その名の通り野菜を炒めた料理だ。そして、その中身はその時々で変動する。《真紅の山猫(スカーレット・リンクス)》の場合は、主に冷蔵庫の中身と相談という感じだ。

肉厚でシャキシャキとした歯応えがしそうな小松菜だ。ごま油で炒めればさぞかし美味しく仕上がるだろう。それは解るが、小松菜ばっかり大量でも飽きそうと思うカミールだった。

そんな彼の前に、悠利はある食材を取り出した。生姜(しょうが)だ。まるで黄門様の印籠(いんろう)のようにでで一んと構えている。

「ユーリ？」

「今日は小松菜の生姜炒めです。生姜、美味しいよね！」

「あー、なるほど。生姜でしっかりした味に、と」

「うん。生姜と塩でシンプルに仕上げます」

「美味い？」

「僕は好き」

「解った」

カミールの質問は簡潔だった。そして、悠利の返答も簡潔だった。それで彼らは解り合った。悠利が美味しいと言うなら美味しいのだ。その信頼は揺るぎなかった。

そうと決まれば、作業開始だ。とはいえ、全ての小松菜を使うにはちょっと多かったので、一部は冷蔵庫にそっと片付けられた。夕飯以降の食事に使われるだろう。小松菜は割と万能なので。

小松菜はたっぷりの水を入れたボウルで綺麗に洗い、根っこを切り落としてその内側も丁寧に洗う。土が残っている場合があるからだ。洗った後は、茎の部分と葉の部分に分けて食べやすい大きさにカットする。切った後は、それぞれ別々のボウルに入れるのを忘れない。

ここで仕分けするのは、炒めるタイミングが違うからだ。葉の部分はすぐに火が通るので、後で追加するのである。

「小松菜はいつも通りに切ったけど、生姜は？　すりおろすのか？」

「ううん。千切り。少ないと味がしないから、頑張って切って」

「わ、解った」

生姜は皮を剥いて薄切りにする。薄切りにするときは、まず最初に一カ所切り落とし、その面を下にして安定させてから切っていくと楽だ。生姜の形は凸凹しているが、こうすることで安定するのだ。

全て薄切りにしたら、重ねて千切りに。薄切りも千切りも、あまり細かすぎると食感が残らないので気をつける。簡単に言えば、無理して細く薄くしなくて良いということだ。あまりにも分厚かったり太かったりすると食べにくいけれど。

「準備が出来たら、炒めるよ。まず最初に、熱したフライパンにごま油を入れて、温まったら生姜を投入」

「生姜だけ炒めるのか？」

「うん。こうして先に生姜を炒めて匂いがしてきたら、小松菜の茎の部分を入れるの」

「ふむふむ」

先に生姜を油で炒めることで味と匂いが広がり、そこに小松菜を投入することで全体に絡むのだ。生姜を食べるだけでも味がするが、油に染みこませることで全体に味が馴染むのである。

茎の部分に火が通ってきたら、味付けだ。今日使うのはシンプルに塩のみ。後ほど葉を加えることも考えて、少し濃いめに味を付けておく。

「ここで一応濃いめにするけど、薄くても最後にまた調整すれば良いからね」

「解った」

軽快にフライパンを操りながら味付けをする悠利を、カミールは隣でじっと見ている。生姜の溶け込んだごま油の風味が、ふわりと鼻腔をくすぐった。

味付けが終わったら、そこに葉の部分を投入する。しっかりと全体を混ぜ合わせ、火が通って味が絡むようにする。上下をひっくり返すように数回混ぜれば、一瞬で火が通った。

「こんな感じ。はい、味見どうぞ」

「おー」

食欲をそそる生姜の匂いに誘われるように、二人は味見をする。味付けは生姜と塩だけだが、ごま油の風味が加わっているおかげか決して物足りなくはない。シャキシャキとした小松菜の食感も相まって、口の中に味が広がっていく。

千切りにした生姜も良いアクセントになっている。味付けが塩だけなので物足りないかと思いきや、小松菜と共に噛んだ生姜の風味がぶわっと口の中で広がるのだ。少ない調味料だが、いや、だからこそ、シンプルな美味しさがそこにある。

「これ美味いな」

「でしょー?」

ニコニコ笑う悠利に、カミールも満足そうに笑った。美味しいと解れば、彼らがやることはただ一つ。昼食の準備を続けることだ。

どどんと大盛りの小松菜の生姜炒めを見た皆が、どんな反応をするのかちょっと気になる二人だった。

一人一皿、いつもより大量に用意された小松菜の生姜炒めに、皆は最初驚いた顔をしていた。けれど、ごま油と生姜の匂いに誘われるように食べ、塩のみというシンプルな味付けながら間違いなく美味しいという現実に、すぐに笑顔で食事を続けるようになった。

貰った小松菜が、肉厚でしっかりとした食感のものだったのも良かったのだろう。葉の部分と茎の部分の食感の違いがまた、口を楽しませるのだ。

「これは、本当にごま油と生姜と塩しか使っていないのですか？」

「そうですよ」

「それだけでこんなにも美味しく出来るなんて、ユーリは凄いですね」

「凄いのは僕じゃなくて、美味しい食材です」

感心しきりという感じのティファーナに、悠利はのんびりと答えた。のほほんとしているが、そこは絶対に譲らないぞという雰囲気がある。美味しい食材のポテンシャルは凄いと思っている悠利だった。

勿論、ティファーナも食材の美味しさが料理の美味しさに繋がることは理解している。それでもやはり、殆ど調味料を使わずにここまで美味しい野菜炒めを作った悠利に感心しているのだ。

それはティファーナだけではなかったらしく、見習い組の面々は美味しそうにがつがつと小松菜の生姜炒めを食べている。生姜と塩だけだというのに、侮れないしっかりとした味。あと、妙にライスに合うと彼らは思った。

生姜とごま油のタッグが強いのもあるだろう。噛めば噛むほど旨味の出てくる生姜に、全体を包み込んで風味を与えるごま油。中華のイメージが強いこの二つの相性が良いことを、悠利は知っている。というか、普通に好きなタッグだった。

「生姜はそのまま食べると刺激が強いんですけど、こうやって火を入れると食べやすくなるんですよね」

「確かに、生で食べるときよりも食べやすいですね」

「野菜との相性も良いので、僕は好きなんです」

にこにこ笑って、嬉しそうに小松菜の生姜炒めを食べる悠利。小松菜から出る水分が味をまろやかにしてくれている。野菜の旨味はどうしてこんなに美味しいのかなぁと思う悠利。

そんな悠利を見て、ティファーナはにこやかに微笑んだ。そして、優しく告げる。

「美味しいですよ」

「ありがとうございます」

悠利のご飯はいつだって、皆を喜ばせてくれる。決して豪勢なご飯ではない。家庭料理だ。それでも、「これ、美味しいと思うんですよね！」と子供らしい無邪気さでご飯を作る悠利の姿は、《真紅の山猫》の仲間達の大好きな姿だった。

「ユーリ」

「あ、はい。何ですか、リヒトさん？」

「お代わりってあるか？」

「ありますよ。あっちに」

「ありがとう」

よく食べるお兄さんらしく小松菜の生姜炒めをさっさと食べ終えたらしいリヒトが、皿を片手に悠利の下へやってきた。お代わりはいつも用意しているので素直に答える悠利。リヒトは嬉しそうにお代わりをしに行った。

今日のお代わり一番はリヒトさんかーと悠利はのんびりと思った。珍しいな、とも。彼は率先してお代わり争奪戦に首を突っ込むようなタイプではないのだ。

そんなことを思っていたら、リヒトがお代わりに動いたことに食べ盛り達が気付いた。ハッとしたように自分の皿の中身を急いでかっ込む仲間達の姿が見える。

「あんな風に焦らなくても、別にリヒトさんは一人で食べ尽くしたりしないのに……」

「それだけ貴方の料理が美味しいということですよ」

「えぇ……。でも僕、一応お代わりは用意してるんですよ、いつも」

「知っていますよ。それでも、食べ損ねるのは嫌だと思うんじゃないですか」

「そういうものですか？」

「恐らくは」

そこまで食い意地の張っていない悠利には、よく解らない感覚だった。微笑むティファーナに、うーんと首を傾げる。そこまで必死になって食べるようなご飯でもないのに、というのが素直な感想だった。口には出さなかったけれど。

　まぁ、皆が喜んで食べてくれるなら、それが嬉しいのも事実だった。お残しされるのは、作り手として何より悲しいので。

「皆ー、お代わり争奪戦は良いけど、喧嘩しちゃダメだよー。後、喉に詰まらせないでねー」

　がつがつと食べる仲間達に、のほほんとした口調で一応注意を口にする悠利だった。返事は、言葉ではなく上げられた拳だった。食べるのに忙しいらしいです。

　後日、助けたおじさんからお手紙が届いて、元気に過ごしていることが解って一安心する悠利なのでした。今日も悠利の日常は平和です。

特別編　玉子焼きには無限の可能性がありました

「玉子焼きって、考えたら色んな種類があるんだよな？」

　ある日、何てことはない午後の雑談をしているときにカミールが告げた。のんびりとお茶を飲んで雑談をしていた悠利達は、不思議そうに彼を見る。そのカミールは、怖いくらいに真剣な顔をしていた。

　その真剣な顔のまま、カミールは再び口を開いた。

「色んな味の玉子焼きがあるなら、どれが一番美味しいんだろうか」

「「……」」

　大真面目な顔で言うことがそれか、と皆は思った。この商家の息子は、時々こんな風に大真面目にトンチキなことを言い出すのだ。ただ、当人には当人なりの理由がある。商家の息子だけに、様々な商品価値を考えてしまうらしい。

　別に、将来的に玉子焼きを売りさばこうと考えているわけではない。あくまでも純粋な興味である。

「カミールの言いたいことは何となく解ったけど、一番を決めるのは難しいと思うよ？」

「何で？」

悠利の言葉に、カミールは首を傾げた。皆が美味しいと思えばそれが一番ではないのかと言いたげだ。そんなカミールに、悠利は諭すように告げた。

「美味しいに絶対的な指標はないと思うんだよね、僕。確かに多数決で人気の味を決めるのは出来ても、一番美味しいっていうのは人それぞれだと思うから」

「人気があるなら、それが一番じゃないのか？」

「食べ物に関して言うなら、皆に人気でも自分には美味しくないっていうのもあると思う」

悠利の言い分にも一理あった。万人が美味しいと思う料理を考え出すのは難しい。そもそも、食の好みは千差万別だ。《真紅の山猫》(スカーレット・リンクス)の面々は概ね悠利の味覚で判断した料理を美味しいと言ってくれるが、その中でも好みはある。

だから、唯一絶対の一番を決めることは出来ないと悠利は思う。説明を聞いたカミールは、しばらく考えてからそっかと呟(つぶや)いた。確かに、彼ら見習い組の中でも玉子焼きの味付けは意見が分かれる。満場一致の一番を見つけるのは難しそうだ。

「じゃあ、一番を決めるのはともかく、色んな玉子焼きが食べたい」

「むしろカミール、本音はそっちじゃないの？」

「うん」

ヤックに指摘されたカミールは、悪びれもせずに頷(うなず)いた。玉子焼き美味(うま)いよな、と宣(のたま)う顔は、先ほどまでの変な真剣さはなかった。なかったけれど、本気のようだ。

確かに、玉子焼きには色々な味がある。単純に調味料を変えるだけではなく、中に何かを入れて巻く場合もあれば、卵液に具材を混ぜ込んで焼く場合もある。味付け一つで色々な方向に変化する、魅惑的な料理だ。

　普段悠利が作る玉子焼きは、醤油に和風系の顆粒だしを入れたものと、砂糖で味付けした甘いものの二種類だ。見た目にさほど違いはないが、醤油の味と砂糖の味で、どっちが好みかが分かれるのだ。

　玉子焼きはどちらかというと朝食に添えるか、お弁当のおかずになっている。そのため、あえて夕食に出すこともあまりない。そもそも、がっつり食べたがる夕食のメインディッシュには物足りないからだ。

　けれど、種類があるのなら話は別だ。多分。

　バイキングのように、色々な味の玉子焼きをずらりと並べる。その中から、自分の好きな玉子焼きを選んで食べる。それならば、十分に玉子焼きがメインディッシュの役割を果たすだろう。間に挟む具材によっては、ボリュームも増える。

「それじゃあ、今日の夕飯は色んな玉子焼きにしようか？」

「マジで？」

「その代わり、作るの大変だから、皆で手伝ってね？」

「「解った！」」

　それで希望が通るならと、全員元気よく返事をした。マグもやる気に満ちている。恐らく彼の目当ては出汁マシマシの玉子焼きだろう。

そうと決まれば、準備が必要だ。まず、追加の卵がいる。

「それじゃ、誰か卵買ってきてね」

「オイラ行ってくる！」

「よろしく、ヤック」

基本的に常に卵のストックはあるが、夕飯に大量の玉子焼きを作るには足りない。ヤックは意気揚々と買いに出かけた。

「失敗しても良いから、皆で焼こうね」

「「おー！」」

悠利の言葉に、残った三人は拳を上げて返事をした。とりあえず、玉子焼き以外のおかずも用意しなきゃねと思いつつ、元気な皆に笑みを浮かべる悠利だった。


そんなこんなで、本日の夕飯は様々な味付けの玉子焼きだった。食べやすい大きさに切られた玉子焼きの大皿が、幾つもずらりと並んでいる。何だコレと不思議そうな仲間達の視線に、悠利はにこやかに笑った。

「今日は様々な味付けの玉子焼きを堪能しようということになりました。お皿の前に味付けが書いてあるので、自分で好きなのを食べてくださいね」

悠利の告げた言葉に、なるほど今日はそういう催しかと皆は納得した。ちょいちょい、いつもと違う夕飯になることがあるので、皆も慣れていた。

「玉子焼きは、味付けを変えているだけのものと、中に具材が入っているものとあります。スープとサラダもお代わり自由なので、各自で調整してください」

悠利の説明が終わると同時に、皆が動いた。カウンターにずらりと並べられた様々な玉子焼きを、興味津々といった顔で物色中だ。

結局、見習い組と共にあーでもないこーでもないと考えた結果、玉子焼きの種類はかなり増えてしまった。アレも食べたい、コレも食べたいになってしまったのだ。

味付けを変えているだけのものは、全部で七種類。

ごま油を使い、和風系の顆粒だしと醤油で味付けした定番の味。そしてこちらも定番の、オリーブ油を使い、砂糖で味付けをした甘い玉子焼き。この二つは皆も食べ慣れているいつもの玉子焼きだ。

そこに追加して、ごま油で焼いたものが三種類。和風系の出汁を増量し鶏ガラの顆粒だしを追加したW出汁のもの。鶏ガラの顆粒だしと塩で味付けしたもの。ほんのり甘さが香るめんつゆ味のもの。

オリーブ油で焼いたものは、二種類。少量の牛乳とチーズ、マヨネーズを加えたオムレツ風の軟らかなもの。ハーブ塩で風味豊かに仕上げたもの。

そして、玉子焼きの真ん中に具材を入れたタイプのものが、四種類。

下茹でしたほうれん草と細切りにしたハムを入れたもの。甘辛く味付けしたバイソン肉のしぐれ煮を入れたもの。賽の目に切って茹でたジャガイモとたらこを入れたもの。そして、ツナマヨを入れたもの。

最後に、卵液に直接しらすを混ぜて焼いたもの。

合計で、十二種類の玉子焼きが並んでいる。

「色々入れるのも美味しいけど、僕はやっぱりこのシンプルな醤油味のが一番好きかなー」

もぐもぐとのんびりと玉子焼きを食べながら悠利は呟く。ごま油の風味と、和風系の出汁と醤油の優しい味わいが口の中で広がる。お醤油味の玉子焼きは、定番だけあってなじみ深い。

ふわふわとろとろに仕上げているので、口の中でとろりと出てくる玉子の食感も格別だ。お弁当に持っていくときには向いていないが、食卓で食べるならこういう半熟とろとろの玉子焼きも美味(おい)しい。

「ユーリ、ユーリ！　色んな玉子焼きがあって面白いな！」

「何だ？」

「あー、はい。あの、バルロイさん」

「とりあえず、騒ぐのは止(や)めて着席した方が良いと思います。後ろでアルシェットさんが凄(すご)い顔をしてるので」

「ん？」

不思議そうな顔をしたバルロイは、言われるままに背後を振り返った。そこでは、自分の皿を片手にアルシェットが立っている。子供のように大声で騒ぐ相棒を見上げる彼女の眼差しは、鋭かった。

「アル、どうした？」

「どうした？　やあらへんわ！　邪魔してる身やねんから、大人しくしぃ」

「ん、解った」

バルロイは素直だった。アルシェットの言葉に大人しく従うと、とことこと彼女の後ろをついていく。この青年は基本的に素直だ。ただちょっと、考えが足りてないだけで。

あのときは格好良かったのになぁ、と悠利はぼんやりと思う。護衛らしく誘拐犯を迎撃したときのバルロイは、それはもう、貴方誰ですか？　と言いたくなるぐらいに格好良かった。もしかしたら白昼夢なんじゃないかと思うぐらい、今は面影がない。

バルロイとアルシェットの卒業生コンビが夕飯に同席しているのは、休日だからと顔を見せに来ていたからだ。本当は夕飯は戻って食べる予定だったのだが、本日のメニューが玉子焼きバイキング的な何かだと知った瞬間、バルロイが食べたいと言い出したのだ。

追加の卵は大量に買ってきたたし、今更彼らが食事に同席するのを拒むのも変なので、そのまま参加することになった。それは構わないのだが、子供達と同じレベルで大騒ぎするのはよろしくないということで、アルシェットのツッコミが光るのだ。

「アル、アル、これ美味いぞ。肉が入ってる！」

「アンタが肉好きなんは解ってるから、大人しく食べぃ」

「アルは食べないのか？」

「ウチは別のやつが美味しそうやったから、そっちを食べるんや」

「そうか」

自分が持ってきたバイソン肉のしぐれ煮入りの玉子焼きを差し出すバルロイだが、アルシェットはさらりと拒絶した。別に、バイソン肉のしぐれ煮を嫌っているわけではない。ただ単に彼女の今の気分は別の味なだけだった。

アルシェットにお裾分けするのが叶わなかったバルロイだが、それならそれで自分が全部食べれば良いだけなので細かいことは気にしない。ばくんと口を大きく開けて、バイソン肉のしぐれ煮入りの玉子焼きを一口で食べる。

バイソン肉のしぐれ煮は、砂糖と醤油で味付けをした甘辛美味しい料理だ。それを真ん中にどーんと包んだ玉子焼きは、口の中に肉と玉子の旨味が広がって何とも言えず美味しい。肉食組がうっきうきで食べる料理だろう。

バルロイもその例に漏れず、噛めば噛むほど口の中に広がる美味しさに満足そうだ。柔らかく煮込まれた肉とタマネギは玉子焼きの軟らかさとマッチし、食感を残した生姜がアクセントになる。調和が完璧だった。

「アルは何味を食べてるんだ?」

「ジャガイモとたらこやな。茹でたジャガイモの食感がおもろいわ」

「へー。……美味い?」

「……美味しいわ。ほれ」

「おー、アル、ありがとー」

こてんと首を傾げて問いかけるバルロイに、アルシェットはジャガイモとたらこの玉子焼きを一切れ分けた。別に分けなくてもまだまだお代わり分は残っているのだが、他の味も食べるので分けても良いかと思ったのだ。何だかんだで付き合いが長いので、こういうことはよくある。

大喜びで食べる相棒を見つつ、アルシェットも再び玉子焼きに箸を伸ばした。

軟らかな玉子焼きの真ん中に、賽の目になったジャガイモとたっぷりのたらこが入っている。味付けはたらこの塩気で十分だった。茹でたジャガイモのほくほくとした食感もまた、舌を楽しませる。

先に茹でてあるので、賽の目のジャガイモは軟らかくてほくほくしている。玉子は火が通るのが早いので、生のジャガイモでは美味しく出来ない。この一手間があるからこそ、美味しい仕上がりなのだろう。

相変わらず手の込んだことをするなぁ、とアルシェットは呟く。悠利の料理はそういうところがある。

勿論、お手軽料理や出来る手抜きは率先して実行するのも悠利だ。ただ、食べたいなとか、美味しく食べてもらいたいなと思ったときの一手間を、彼は惜しまない。だから悠利の料理は美味しいのだろうと彼女は思う。

彼女達二人は、《真紅の山猫》の卒業生だ。卒業してしまえば、節目節目で挨拶をするぐらいでしかここに関わることはないはずだった。それが今や、ことあるごとに顔を出し、皆と一緒に食卓を囲んでいる。

「それもこれも、あの子の料理が美味いのが悪いんやろうなぁ……」

「アル？」

「何でもあらへん。大人しく食べとき」

「ん、解った」

何か言ったか？　と視線を向けてきた相棒を、アルシェットは一言で黙らせた。バルロイは素直に従う。食事に興味津々なので。

初対面のとき、悠利の料理の美味しさにバルロイが餌付けされ、それ以降ずるずると顔を出すようになってしまった。一応、時々は手土産の食材を片手にやってきているが、頻度としてはどうなのかと思うときがある。

そもそも、彼ら以外の卒業生が顔を出さないのが良い証拠だ。以前ならこんなことは起こらなかっただろう。やっぱり、原因は悠利にある気がするアルシェットだった。

ただ、料理の腕前だけの話ではないだろう。いつ来ても、「いらっしゃい」と笑顔で出迎えてくれる彼の雰囲気が、彼女達を呼んでいる。そしてそれは、今ここにいる面々も同じなのだろう。悠利にはそういう魅力があった。

まぁ、当人は細かいことなど気にせずに、ご飯を作って家事をして、のんびりと過ごしているのだが。あくまでもそれが自然体の悠利だからこそ、なのだろう。

「アルシェット、難しい顔をしてどうしました？」

「何でもあらへんよ、ティファーナ」

「それなら良いんですけれど……。また、バルロイが愚かなことをしたのかと思いました」

「……アンタも相変わらず、笑顔でキッツイな」

遠い目をするアルシェットに、ティファーナはうふふと上品に微笑(ほほえ)んだ。所作だけを見れば大層優雅でお上品なお姉様なのだが、その内面は何だかんだで逞(たくま)しい剛の者だった。まぁ、そうでもなければ冒険者なんてやっていないだろう。

彼女達は年も近く、アルシェットが所属していた頃からの知り合いだ。今も、彼らが顔を出したときには仲良く過ごしている。

「ティファーナも色々と持ってきたんやな」

「ええ、どれもこれも美味しそうで、選べなくて」

「一切れが小さいから、色々選べてえぇよな」

「そうですね」

皿の上に何種類もの玉子焼きを持ってきたティファーナは、穏やかに笑う。食べやすいようにと悠利がいつもの玉子焼きより薄く切っているのがポイントだった。これならば、小食組も色々な味を試せる。

ティファーナが箸を伸ばしたのは、ハーブ塩で味付けされた玉子焼きだ。オリーブ油の風味がぎゅっと染みこんでいる。塩だけならばあっさりで終わるが、ふわりと口の中に広がるハーブがアクセントになっている。

そもそも、オリーブ油とハーブの相性は良い。ついでに塩との相性も良い。相性の良い三つの合わせ技なので、美味しくないわけがないのだ。

また、シンプルな味付けだからこそ、あっさりとした味付けを好むティファーナの口にもあった。口の中で簡単に崩れる軟らかな玉子焼きの食感もまた、良いものだ。

何だかんだで静かに食事をしている彼らのようなテーブルもあれば、賑(にぎ)やかにわいわいやりながら食べているテーブルもある。その第一はやはり、見習い組の揃(そろ)うテーブルだった。

「色々食べたけど、やっぱりこの砂糖の玉子焼きが一番だな！　優しい甘さで口の中が癒やされる！」

満面の笑みで告げるのはカミール。今回の玉子焼きバイキング的なイベントの発端でもある彼は、結局の所いつもの味に落ち着いた。甘い玉子焼き最強！　とご機嫌だ。

甘いと言っても、お菓子のように甘いわけではない。ほどよい甘さという、何とも言えない絶妙なバランスで成り立つのが砂糖の玉子焼きである。甘すぎてはいけないのだ。そして、その良いバランスの甘い玉子焼きが、カミールの好物だった。

「オイラはめんつゆ味のやつが好きかも。醤油(しょうゆ)味と似てるけど、ちょっと甘いのが良い感じ」

にへっと笑ってヤックは、箸で摘まんだ玉子焼きを皆に見せる。ごま油とめんつゆで仕上げたシンプルな玉子焼きだ。しかし、めんつゆがそもそも合わせ調味料なので、とても良い感じに仕上がっている。

めんつゆの中には出汁(だし)や酒、みりん、醤油といった調味料が入っている。簡単だが、それ一つで玉子焼きに奥深い味わいを追加することが出来るのだ。……まぁ、ヤックはそこまで考えてはいないのだけれど。

　ごま油の香ばしさと、めんつゆの醸し出す奥深い味わい。それらが玉子焼きの中で溶け合って、美味しいハーモニーを奏でていた。一口食べて、口の中に広がる味を楽しんでいるヤックの表情は幸せそうだった。

「俺はこのツナマヨのやつが気に入ったな」

「アレ？　ウルグス、しぐれ煮じゃないんだ」

「アレも美味いけど、ツナマヨの方が沢山食べたい気がする」

「なるほど？」

　てっきりウルグスならばしぐれ煮を挙げるだろうと思っていたカミールは、予想外の返答に不思議そうな顔をした。ただ、ウルグスの言い分も解った。濃い味付けでどーんとパンチのあるしぐれ煮に比べて、ツナマヨは何かこう、馴染んだ落ち着いた味なのだ。

　というのも、サンドイッチとかおにぎりとかでツナマヨをよく食べているからだ。定番の味付けなので、そういう意味でも好きな味になっているのだろう。

　ツナマヨはツナマヨだけでも十分に美味しい。しかし、玉子焼きの中に包まれていると、また別の味わいになる。玉子とツナマヨの相性は良い。

　サラダに薄焼き玉子やゆで玉子を混ぜるのとは、また違う。これは、玉子がツナマヨを包んでいることで成立する美味しさだ。一口噛んだ瞬間に、玉子がツナマヨを引き連れてくるのである。

「で、マグはやっぱり、アレなんだ」

「そりゃ、マグだからそうだろ」

「……お前、他の味も食べてみろよ」

仲良く会話をしていた三人は、視線を黙々と食事に勤しんでいる仲間に向けた。ウルグスが呆れたように呟いた言葉に顔を上げたマグは、いつも通りの無表情で一言告げた。

「出汁、美味」

もはやマグの口癖ではないかと思うほどに馴染んだ台詞だ。そんなマグが食べているのは、和風系と鶏ガラの二種類の顆粒だしを入れたW出汁と言うべき玉子焼き。どう考えてもマグ向けである。二種類の旨味が混ざって、玉子焼きに奥深い風味を加えている。顆粒だしを作るときに塩を入れているので、それだけで十分塩分も含まれている。そのため、出汁の旨味と塩気がシンプルな玉子焼きを作り上げていた。

「美味いのは解るけどよ、他のも美味いぜ？」

「出汁、美味」

「だから、それが美味いのは否定しないっつーの。ただ、具材入りのも美味いから、他のも食ったらどうだっていう話だろ」

「否」

「面倒くさいとか言うな」

ウルグスの提案を、マグはざっくりと拒絶した。何で今ので面倒くさいになるんだろうと思いつつ、カミールもヤックも何も言わなかった。今更だ。気にしてはいけない。ウルグスはいつだってマグの通訳担当なのだから。

とはいえ、無理強いして食べさせるのも何か違うので、マグは放置することに決めた三人だった。自分達は自分達で、色々な味の玉子焼きを堪能しようと思っている。自分の一番美味しいは決まっているが、それ以外の味を食べないというわけではないのだ。

それに、食べ盛りの彼らにとって、色々な味の玉子焼きが食べ放題というのは実に楽しいのだ。選ぶ楽しみというのがあるので。

そんな彼らのテーブルと同じぐらい賑やかなのが、レレイを中心としたテーブルだった。元気がトレードマークの彼女は、いつだって賑やかさの中心にいる。

「これねー、これねー、ハムの味がじゅわってして美味しいよ！」

「あぁ、ほうれん草とハムのやつな。このハム、結構味がしっかりしてるよな」

「あたしねー、これがベーコンでも美味しいと思うー」

にこにこ笑顔で真ん中に緑とピンクが輝くほうれん草とハムの玉子焼きを食べているのは、レレイ。基本的に何でも美味しいと言って食べる彼女なので、既に全種類制覇している。その中で、今日のお気に入りはこのほうれん草とハムの玉子焼きらしい。

「しぐれ煮とかツナマヨとかは？」

「アレも美味しいよね！　でも今日は、これが一番美味しい感じ！」

「なるほど」

しぐれ煮もツナマヨも彼女は大好きだが、今日はほうれん草とハムのタッグに軍配が上がったらしい。確かに美味いもんな、とクーレッシュも同じものを口に運ぶ。

玉子のふわふわとした食感に、水分を残したほうれん草が優しさを添える。ほうれん草の水分で味が薄まるかと思いきや、ハムが存在を主張してしっかりと味をまとめてくれる。そんな感じの玉子焼きだ。

そこまで濃い味ではないが、だからこそ逆にハムの美味しさが際立っているように思えた。

また、レレイが言うように、ベーコンでも美味しく仕上がるだろう。ウインナーでも良いかもしれない。ただ、その場合は先に火を通しておかねばならないので、手軽さという意味ではハムが勝るかもしれない。

どちらにせよ、この玉子焼きが美味しいという事実は変わらない。レレイにとってはそれで十分だった。

「ヘルミーネは何が美味しかったー？」

「私？　私は、この鶏ガラと塩のやつが結構気に入ったかな」

「そうなの？」

「うん。ただの塩だけじゃなくて、鶏ガラの味がするのが美味しいのかなって思うの」

「確かに、それも美味しいもんね！」

小食のヘルミーネは、幾つか心を惹かれた中から選んで食べていたのだが、その中でもお気に召したのは鶏ガラの顆粒だしと塩で味付けをした玉子焼きらしい。ごま油の香ばしい風味がアクセントだ。

鶏ガラの顆粒だしを作るときにも塩は入っているのだが、それだけでは少し物足りないということで塩を追加して微調整されている。顆粒だしだけを大量に入れると、逆に濃くなりすぎるので。シンプルに塩だけで味付けした玉子焼きと違って、鶏ガラの風味が追加されているのがポイントだ。そもそも、玉子と鶏ガラの相性は抜群なので、美味しいに決まっている。それを塩で調えているだけなのだ。

鶏ガラと塩の味だが、決して濃いわけではない。口の中に広がる玉子の風味に、旨味を追加しているという感じだ。そのため、小食のヘルミーネでも沢山食べられるのだろう。

「イレイスが食べてるのって、しらすの入ってるやつだっけ？」

「はい。わたくしはやっぱり、魚が好きですから」

「それ、外側のやつカリカリで美味しいよね！」

「そうですわね」

ヘルミーネよりも更に小食のイレイシアだが、人魚であるからか魚が絡んでくるといつもよりよく食べる。なので、そんな彼女はしらすをたっぷり入れた玉子焼きがお気に召したらしい。

玉子と混ぜて焼くタイプなので、表面に出ている部分のしらすはカリッと火が通っている。内側の部分は蒸し焼きのような状態でふんわりしているので、一つで二つの味が楽しめるのも良い感じだ。

玉子の味付けは下味にほんのり醤油を入れてあるが、概ねしらすの塩気で食べるようになっている。お魚大好きなイレイシアにとっては、とても嬉しい玉子焼きだった。

「それだけ少し違う感じよねー」

「でも、これはこれで美味しいよね」

「ってことは、他の具材も細かく刻んだら、こういう風に焼けるんじゃね？」

「「え？」」

色んな玉子焼きがあるねーと暢気な会話をしていた少女達は、クーレッシュの一言に動きを止めた。

しらすは細かい。だから、真ん中に具材を巻くようにしているタイプの玉子焼きと違って、具材を細かく刻めば同じように混ぜて焼くことが出来るのではないか。クーレッシュはそんな風に考えたのだ。そうすれば、全体に具材の味が染みこむ。

それはそれで美味しそう、とレレイが呟いた。彼女はいつでも食欲に正直だった。正直なので、彼女はそのまま、向かいのテーブルでのんびりと食事に勤しんでいる悠利に声をかけた。

「ねーねー、ユーリー！　これ、他の具材でもしらすのやつみたいに混ぜて、全体に具材があるように出来るのー？」

「え？　あぁ、出来るよ。今回はしなかっただけで」

「じゃあじゃあ、次はそれで！」

簡潔な返答を与えられたレレイは、すかさずリクエストを口にした。ぶれない。安定のレレイだった。

何の具材なら出来るかなーと色々と考えを巡らせるレレイ。……なお、その大半はハムとかベーコンとかウインナーとかなのだけれど。確かにそれらを細かく刻んで焼いた玉子焼きも美味しそうだ。

「刻んで入れるって言うと、ネギとかピーマンとかパプリカのイメージがあるんだよねぇ、僕。彩りが綺麗な感じで」

「ピーマンとパプリカは嫌ー！」

「って言うと思ったから、今回はやってないんだけど」

何気なく悠利が呟いた一言を耳ざとく聞きつけたヘルミーネが、打てば響くような勢いで叫んだ。彼女はピーマンが好きじゃないのだ。ついでに、ピーマンに似た味のするパプリカも好きじゃないのだ。

勿論、悠利はその辺を把握している。把握しているから今回はラインナップに入れなかったのだ。優しさである。

わいわいと騒いでいる悠利達の喧噪から少し離れたテーブルでは、アロールが面倒くさそうにため息を吐いた。何やってるんだよと呟く十歳児は今日も安定のクールさだった。

ただし、そんなクールなアロールだが、チーズの入ったオムレツ風の玉子焼きを口に運ぶ瞬間だけは、表情を緩める。無意識なのだろう。チーズが好きなので、その味を感じて嬉しくなっているのだ。

少量の牛乳とマヨネーズを加えることで、ふわっふわとした軟らかな食感に仕上がっているチーズ入りの玉子焼き。味付けや食感はオムレツに近い。だが、オムレツと違うのは玉子焼きの何層にもなった形式だ。

玉子全体にチーズがとろりと包み込まれ、どこを食べてもその味がする。マヨネーズの風味が全体を包み込み、牛乳のおかげで柔らかい玉子が口の中でふわふわと蕩ける。幸せの味だった。

自分が表情を緩めていることに気付いていないだろうアロールなので、同席の面々は何も言わなかった。彼女をからかっても良いことはない。当人が幸せそうに食べているなら、それで十分だった。

アロールと同じくチーズ好きのフラウも、オムレツ風の玉子焼きを美味しそうに食べている。こちらは感情を表に出すのを特に気にしていないので、普通だ。また、大食漢でもあるので、他の玉子焼きにも舌鼓を打っている。何だかんだでお姉さんも楽しんでいた。

静かに食べている者もいれば、賑やかに食べている者もいる。たった一つの共通点は、皆が美味しいと思って食べていることだろう。そして、多分、それが一番大切なことだ。

ご飯は美味しく食べてこそ。嫌いなものを無理に食べなくても良い。そんな言葉が口癖の悠利が、美味しく食べてほしいと思って作るご飯は美味しい。時々、今日みたいにイベントのようになるのも含めて、仲間達は喜んでいる。

「お前もちゃんと食べてるか？」

「はい？　あ、ちゃんと食べてます。大丈夫です」

隣に戻ってきたアリーに声をかけられて、悠利は笑顔で答えた。仲間達が美味しく食べてくれているかを優先して、ついつい自分が食べるのを忘れることがある悠利だ。それを知っているので、アリーはこんな風に声をかける。

悠利も慣れたものなので、笑顔で返事をするだけだ。返事をしつつ、心の中で「やっぱりアリーさんってお父さんっぽいなぁ」と思ったのだが、それは口にしなかった。口にしたらきっと怒られる。

何だかんだで悠利の保護者が板についているアリーだが、彼はまだ三十代の青年なのだ。それも独身。いきなり、自分の半分ぐらいの年齢の子供に父親扱いされたくはないだろう。

まぁ、彼らのやりとりを見ていると、親子とか年の離れた兄と弟みたいに見えたりするのだけれど。その辺を口にしないのは優しさだ。多分。時々、ブルックやレオポルドといった、アリーと付き合いが長くて遠慮のない面々が容赦なく口にするけれど。

「しっかし、玉子焼きってのはこんなに色んな味があるんだな」

「ご家庭の味って感じなんですよねぇ、玉子焼きって」

「ご家庭の味？」

「各家庭で味付けが違うし、具材の有無も違うんです。だから、家庭の数だけ味付けがあるんだろうなと思ってます」

「なるほどなぁ」

悠利の説明に、アリーは納得したように頷いた。確かに味付けの好みも千差万別なので、様々な種類があってもおかしくはないと思ったのだ。玉子と相性の良い食材や味付けならば、いくらでも可能性は広がるだろう。

「なので、次はまた違う味付けで挑戦したいと思います」

「何でそうなった」

「え？　いえ、さっきレレイ達から新しいリクエストが出たので」

「お前なぁ……」

イイ笑顔で言い切った悠利に、アリーはがっくりと肩を落とした。本当に、料理のことになると無駄に張り切る性質は筋金入りだった。当人は楽しんでいるから良いのだろうが。

「あ、心配しなくても、そんなにすぐにはやりませんよ。玉子焼きばっかり続いたら飽きますもんね」

「そういう話はしてねぇ」

「次はもうちょっと、お肉っぽいのも増やす予定です」

「そういう話もしてねぇ」

楽しみにしててくださいね！　と笑う悠利は、アリーの言葉を半分以上聞いていなかった。多分、頭の中で次はどんな玉子焼きを作ろうか考えているからだ。よくある光景ではある。

手間がかかるだろうことをうきうきと考える悠利の姿に、アリーは小さく笑った。変なところに情熱を向ける悠利だが、それが悠利だと彼らはもう知っているので。

だから、そんな悠利にアリーが告げる言葉は決まっていた。

「美味(うま)い飯、期待してる」

いつもの口調、いつもの表情で言われた言葉に、悠利はぱちくりと瞬(まばた)きをした。そして、すぐに笑う。

「任せてください。それが僕のお仕事ですからね！」

矜持というのとは違うかもしれないが、それが悠利の出来ることだ。そしてやりたいことでもある。だから悠利は、自信満々に答えるのだった。

どうやら、玉子焼きバイキング的なこのイベントは、定期的に開催されることになりそうです。それもまた、楽しい日常なので良いのでしょう。

あとがき

初めましての方もそうでない方も、こんにちは。本書をお買い上げくださりありがとうございます。作者の港瀬(みなとせ)つかさです。

皆様のお力添えもあり、書籍も十四巻になりました。十四巻ですよ、十四巻。相変わらず実感はなかなか湧かないんですが、手元にある書籍を並べると圧巻でした。十四巻分ともなると、並んでるな！　という感じです。感無量です。

さて、そんな十四巻ですが、相変わらずの日常を過ごしている巻になります。まぁ、基本的にいつもそんな感じなんですが。日常の中で、わちゃわちゃしながら美味しいご飯を食べるという感じのお話ですので。今回も美味しそうなご飯がいっぱいです。

今回の最大の見所はやはり、ほんの一瞬だけ出てくる戦闘時のバルロイさんでしょうか。あまりにも一瞬だったので、勿体(もったい)なく思うほどです。でもバルロイさんなので、それぐらいが丁度良い塩梅(あんばい)なのかもしれません。普段の脳筋狼なバルロイさんも大好きな作者です。

基本的には活動範囲の狭い悠利ですが、一応順調に知人が増えていき、色々なことを経験しているようです。美味しいご飯を作って皆と過ごすだけの日常に、ちょっとずつ他の人々と過ごす違う時間が入ってくるのもまた楽しいなぁと思って書いております。

また、不二原理夏先生作画のコミカライズも、六巻が発売中です。原作小説三巻部分までがコミカライズされておりますので、よろしければ小説と合わせてお楽しみいただけると嬉しいです。

　コミカライズ版のファン一号として楽しんでいる身ですが、力一杯オススメさせていただきますね。小説と漫画では演出なども良さが異なるので、不二原先生が描く世界の悠利達として、一緒に楽しんでいただければ幸いです。

　今回も、素敵なイラストを描いてくださったシソさん、多大なる迷惑をおかけした担当さん、その他関係各位のおかげをもちまして、こうしてあとがきを書いております。本当にありがとうございます。いつもいつも、皆様のお助けで何とかなってます。本当にありがたいです。

　健康に気を付けつつ、効率よく仕事をこなしていけるように頑張りたいと思います。思う気持ちだけはあるんですけど、なかなか上手くいきませんね……。一歩ずつ精進したいと思います。

　それでは、今回はこの辺りで失礼します。次巻でも元気にお会い出来ますように。ありがとうございました。

カドカワBOOKS

最強の鑑定士って誰のこと？ 14
～満腹ごはんで異世界生活～

2021年11月10日　初版発行

著者／港瀬つかさ

発行者／青柳昌行

発行／株式会社KADOKAWA

〒102-8177
東京都千代田区富士見2-13-3
電話／0570-002-301（ナビダイヤル）

編集／カドカワBOOKS編集部

印刷所／暁印刷

製本所／本間製本

●お問い合わせ
https://www.kadokawa.co.jp/（「お問い合わせ」へお進みください）
※内容によっては、お答えできない場合があります。
※サポートは日本国内のみとさせていただきます。
※Japanese text only

Printed in Japan
ISBN 978-4-04-074299-1 C0093

新文芸宣言

かつて「知」と「美」は特権階級の所有物でした。

15世紀、グーテンベルクが発明した活版印刷技術は、特権階級から「知」と「美」を解放し、ルネサンスや宗教改革を導きました。市民革命や産業革命も、大衆に「知」と「美」が広まらなければ起こりえませんでした。人間は、本を読むことにより、自由と平等を獲得していったのです。

21世紀、インターネット技術により、第二の「知」と「美」の解放が起こりました。一部の選ばれた才能を持つ者だけが文章や絵、映像を発表できる時代は終わり、誰もがネット上で自己表現を出来る時代がやってきました。

UGC（ユーザージェネレイテッドコンテンツ）の波は、今世界を席巻しています。UGCから生まれた小説は、一般大衆からの批評を取り込みながら内容を充実させて行きます。受け手と送り手の情報の交換によって、UGCは量的な評価を獲得し、爆発的にその数を増やしているのです。

こうしたUGCから生まれた小説群を、私たちは「新文芸」と名付けました。

新文芸は、インターネットによる新しい「知」と「美」の形です。

2015年10月10日

井上伸一郎